新潮文庫

フィッシュストーリー

伊坂幸太郎著

目次

フィッシュストーリー

動物園のエンジン

地下鉄に乗っている。最終電車近くの下り線は空《す》いていた。両脇《りようわき》に妻と娘が同じような顔で眠っていて、妻が握っている切符が落ちないだろうか、とそれが気になって仕方がなかった。

向かいに座っている学生たちが、二駅ほど前から車の話をしている。車内に彼らの声が響いた。「マツダのロータリーエンジンはさ」と茶色の髪をした男が言った。

その瞬間、十年前の出来事を思い出した。「エンジン」という単語のせいだ。もう一度、寄りかかる妻と娘の顔を窺《うかが》い、その後で、あの日のことを思い出す。


あの日、時期は十月くらいだったのではなかろうか、河原崎さんと一緒に夜の動物園にいた。河原崎さんは大学の先輩で、五歳の年の差があったものの、留年や浪人の関係もあり、在学中によく顔を合わせ、卒業後も折に触れ、飲みに行くことが多かった。

園内にはろくな灯りもない。幕に覆《おお》われたかのような暗さだ。

「気配で分かるもんだな」ベンチで隣に座る河原崎さんが、ぽつりと言った。

動物たちのことだ。なきごえがするわけでも、足音が鳴るわけでもなかったが、同じ空間に彼らがいるのは分かった。呼吸する音、鼓動の音、もしくは毛づくろいをし、姿勢を変え、羽を畳む音、そのうちのどれ、とは特定できないが、私たちの皮膚を揺らす気配がそこら中にあった。

「ああ、いますね」私はうなずく。

「あそこを見ろよ」

河原崎さんが突然、人差し指を出し、斜め先に向けた。私は首を伸ばし、目を細める。人がうつ伏せで倒れていた。いつからそこにいたのか、まったく気が付かなかった。

「寝ているんだなあ」河原崎さんは落ち着いていた。

「死んでいたりして」

「それはないだろ。ありゃ、怪しい」

見るからに怪しいですよ、と私もうなずいたが、その後すぐに河原崎さんが、「前の市長、小川市長の事件知ってるだろ?」と言うので戸惑った。「あの殺されちゃった市長のことですか? 小川でしたっけ」

市長が殺害される事件があった。現職市長が行方不明になり、泉ヶ岳の公衆トイレで死体となって発見されたのだ。

「それがどうかしましたか」

「あの男の向かいの檻《おり》、分かるか?」

「シンリンオオカミ」看板にそうあった。

「な」河原崎さんは威勢が良かった。何が、「な」なのだ、と私は怒りそうになる。

「オオカミって言えば英語だと『Wolf』だろうが」

「ですね」

「それを逆さにしてみろよ。『Flow』だろう?」

「ですね」

「『Flow』には『小川』っていう意味があるだろ? あるんだよ。殺された市長の名字と同じだ。小川。あの市長の名前は小川純、すげえだろ」

彼がどこまで本心で言っているのか、判断しかねた。

「あの男、たぶん、市長の事件に関係しているぞ」河原崎さんが真顔であればあるほど、かける言葉が浮かばない。「ただの駄洒落《だじゃれ》じゃないですか」と笑うのが精一杯だった。

当時、河原崎さんは四十歳前後だったはずだが、サラリーマンではないせいか、若く見えた。子供じみて気楽に見えた。今から考えれば、それは私が鈍感だっただけなのだろう。実際には、その頃の河原崎さんは塾の経営に行き詰まり、つまりは人生に行き詰まっていたらしい。後に河原崎さんがビルの屋上から飛び降り自殺をし、そのことを知った。大学時代からの先輩後輩の関係とはいえ、その程度にしか分かり合えていなかったわけだ。

「お待たせしました」背後の暗闇《くらやみ》に懐中ライトが光った。

振り返ると恩田が立っていた。恩田も同じ大学出身で、私とは同年だった。今は、役所の職員をしている。黒縁眼鏡の似合う卵型の輪郭で、真面目《まじめ》で几帳面《きちようめん》な性格だった。

私が、河原崎さんを、「夜の動物園」に誘ったのも、動物園職員の恩田がいたからだ。特別な理由があったわけではない。単に、「夜の動物園って、新鮮だと思いませんか？」とその程度の動機だった。

「不審な男がいるぞ」河原崎さんはシンリンオオカミの檻を顎《あご》で指した。

予想に反し、恩田は、「ああ」とあっさり言った。「ああ、あれ、永沢さんですよ」

と。

「永沢さん？」河原崎さんが言った。

「うちの職員です。僕の先輩で」

「でも、寝てるぜ」と私は指摘する。「職務怠慢」

「正確には元職員なんですよ。今はたぶん無職だと思います」

「元職員がどうして寝てるんだよ」と私は言った。

恩田は説明するにあたり、まず、「シンリンオオカミがいなくなったんです」とは
じめた。「新聞にも載りましたよ。今から二年くらい前ですね、二匹いなくなって、
結局一匹は戻ってこなかったんです」

夜の園内に、恩田の言葉が響く。

「それってあの、永沢という男の向かいの檻にいるやつだろ？」

「そうです。シンリンオオカミ。二匹逃げたうちの、あれは戻って来たほうの一匹で」

うっすらと事情が飲み込めて来た。「永沢さんは、その責任を取らされたんだ？」

「その夜、勤務していたのが永沢さんだったんで」と恩田はうなずく。「でも、自分から辞めたんですよ。責任を感じて。四十になったばかりだったのに無職です」

「辞めた奴《やつ》がどうしてここにいる？」河原崎さんはまた、永沢さんを指した。

「たぶん、ちょっと頭の調子がおかしくなっちゃったんですよ」恩田はそこだけ遠慮するように声を低めた。「ノイローゼのようで。奥さんとも離婚しちゃったし」

「シンリンオオカミが逃げやしないか、今も心配なのかもな。で、あそこで寝てるんだ」

「たぶん」恩田も同意した。「永沢さん、動物園が大好きだったんですよ。どんな人にでも来てもらいたがっていました。『動物園に行こう。休日をライオンと』なんていうビラを一人で作って。勝手に配って怒られたこともありました」

「子供は？」私は訊《たず》ねた。

「息子さんが一人いたみたいですよ。小学生だったかな。でも、その子供も奥さんと一緒に行っちゃったらしいし」

「で、元職員の寂しさを癒《いや》すために、夜の動物園を開放しているわけか？」

恩田は、私の嫌味めいた言い方に怒る素振りも見せず、どちらかと言えば嬉《うれ》しそうで、「いや、動物たちの寂しさを癒すために」と答えた。

「え？」

「誰も信じてくれないんだけど。永沢さんが職員だった時から、動物たちの雰囲気がね、違うんだ。こんなに真っ暗な園内だけど、永沢さんが夜勤でいると明らかに違っていて」

「違うって何がだよ」

「うまく言えないんだけど、動物たちの活気というか、生命力というのとも違って」恩田は恥ずかしげに首をひねり、言葉を探す。「動物園全体にエンジンがかかった感じになるんだよ。空気が震えて。嬉しそうで」

「動物園のエンジン！」私と河原崎さんは半ば茶化すように、半ば惹《ひ》かれるように同時にそれを口にした。

私と河原崎さんは奇《く》しくも同じ行動を取った。口を噤《つぐ》み、目を瞑《つぶ》った。エンジン音が聞こえてこないものかとじっとしてみたのだ。だが、動物たちに見つめられ、品定めでもされている気配はあったが、特別な空気は感じられなかった。

「おい、あそこの看板は何だ？」河原崎さんは目を開けると突然、言った。永沢さんが横たわっている場所をまた指差す。

「前まであそこにレッサーパンダがいたんで、その時の看板ですよ」

「何て書いてあるんだ？」

「レッサーパンダはチベットにいますとか、寒さも暑さも苦手ですとか、妊娠時期は五月か六月ですよとか、そんなことです」

河原崎さんはじっと考え込むように黙った。どうせ駄洒落でも考えているのだろう、と私には分かった。案の定、私がそろそろ移動しようとした時になって、「やっぱりあの男。ありゃ事件に関係してるぞ」と断定気味に言った。

「小川市長ですか？」私は苦笑する。

「いいか、今、彼は、『妊娠は五月か六月』と言った」

「看板に書いてあるからですよ」

「『五月か六月』を英語にしてみろよ」

私はその時点で笑いを堪《こら》えられなかった。

「五月か六月。May or June だ」

「ええ」

「May or June をつなげると、Mayor June だろ。『Mayor』は市長の意味だ。『市長純』になる。前の市長の名前だ」

私は、「駄洒落じゃないですか」とまた指摘した。

「よく、推理小説でダイイングメッセージというのがあるだろう？　死に際《ぎわ》に犯人の名前を残すやつだ」

「ああ、聞いたことなら」私は言う。

「あの男のも、それだろ。自分が市長の事件に関係してるってのを示すために、あそこにいるわけだ。ダイイングメッセージだよ」

私は噴き出す。「死んでないですよ」

河原崎さんは怯《ひる》まなかった。「なら、ライイングだ。横たわっているんだから、あの男は。ライイングメッセージ。そうだろ」

そうだろ、と言われても困る。

恩田を先頭に巡回路を進んだ。動物園のエンジンを遠巻きにしながら、決して永沢さんを踏んだりせぬよう気を付けて、進んだ。今でもそれを覚えている。


寝ながら彼は、その会話を聞いていた。ひんやりとした地面に身体《からだ》をつけ、瞼《まぶた》を閉じていた。騒がしくて腹が立ったが、自分の話をしているのが分かると、興味が湧《わ》いた。あの夜のことが話題に出るとは思わなかった。彼らはあの時のことをどこまで知っているのだろうか。彼はそれを気にかける。消えた、あのシンリンオオカミのことを思い出す。

次の日も私たちは夜の動物園にいた。恩田は相変わらずのお人好《ひとよ》しで、私たちが急性の動物好きになったと思ったのか、「いいですよ」と簡単に中へ入れてくれた。

時間帯はそれほど遅くなかったが、ひっそりとした園内はやはり暗く、動物たちの気配だけが、霧や湿り気に似た粘りを伴い、漂っていた。

永沢という男はその日も来ていた。前日と同じ位置で右脇腹を地面に付け、横になっている。私たちは三人でじっと彼を眺め、何も動物園にやってきてまで人間を観察することもないだろうに、と笑い合った。

「エンジンっていうのはどういう意味なんだ?」と私は、恩田の顔を見た。

「永沢さんがいなくなると雰囲気が変わるんだ」

「そいつは見てみたいな」河原崎さんの目が輝く。「あの男が出ていくまで待ってみよう」と提案した。私は、河原崎さんのその言葉が本気であると知っていたし、恩田は単なる冗談だと思っていた。

気づくと私は、ベンチで眠っていた。河原崎さんが背後の柵《さく》の中にいる猿の数を必死に数えていた頃までは覚えていたが、その後になると記憶がさっぱりない。すでに空が明るくなりはじめていた。慌《あわ》てて腕時計を見る。朝の七時近くだった。

「いいタイミングだな」河原崎さんが隣にいて、言った。

「恩田は？」

「用事があるっていうんで、さっき帰った」

「エンジン氏は？」

「ちょうど、立ち上がったところだ」

永沢さんが立っている姿をはじめて見た。私たちは後を追った。背はさほど高くなく、痩《や》せぎすだった。スラックスのポケットに手を入れ、前かがみに歩く。あたりを警戒する素振りはまるでない。

何十メートルか進んだところで、道を逸《そ》れた。動物園を囲むフェンスがあった。

あの瞬間のことはよく覚えている。

永沢さんがフェンスの破れ目に手をかけ、無理矢理身体をくぐらせ、外に出た。彼の足が動物園の敷地から離れる。その瞬間だ。あたりが、暗くなった。あるはずのない照明の、その明るさを調整する抓《つま》みを、誰かが左に捻《ひね》ったのではないか、と私はそう思った。周囲の音にボリュームのようなものがあるとすれば、それも下がった。もちろん、思い込みによる錯覚だったのに違いはないが、面白いことに河原崎さんもぽかんと口を開けたまま、「エンジンが切れた」と私の顔を見た。

その日の夜も、私たちは動物園に集まった。三日連続となったため、私は、「あれだね」と言った。「あれだね、夜になると蛍光灯に虫が集まってくるようなものだね。俺たちは動物園に群がってくる」

「そのうち、虎《とら》は、俺たちを定期的にやってくる餌《えさ》だと思いはじめるかもな」河原崎さんがさほど面白くもないことを、面白そうに言った。私たちは面白がらなかった。

「今朝のことですけど、永沢さんを追ったんですか」と恩田が問いかけてきた。

「後をつけた。あの男、一体どこに行ったと思う?」河原崎さんは目を輝かす。

「自分の家でしょう?」

「マンションの建設予定地だ。大筒建設のマンション」

恩田は予想もしていなかった回答に困惑している。「ここから近いじゃないですか。これから建つところですよね」

「反対運動をしている主婦なんかが、あそこでプラカードを持って立っているのは知ってるか？」河原崎さんは言った。

「そういえば女の人たちがいますよね」

「あの男もそれに混じったんだ。同じグループには見えなかったが、プラカードをどこからか持ってきて端に並んだ」

「何のためにです？」

恩田のその質問に私は、「さあ」と正直に首をかしげたが、河原崎さんはいよいよ興奮した。「推理ゲームをしよう」

「推理？」私は警戒する。

「深夜になると動物園で眠る中年の男。その男は朝になると、マンションの建設反対運動に参加する。この状況から何を推測する？」

河原崎さんは楽しそうだったが、私はさほど乗り気ではなかった。いいかげん河原崎さんの言葉遊びに付き合うことに疲れてきていたせいもある。「推理ゲームというよりも憶測ゲームだ」

けれど、恩田はその憶測ゲームに参加した。「きっと動物たちを守ろうとしているんです」と真っ先に言った。「永沢さんは動物園が好きでした。マンションの建設予定地はここから百メートル程度しか離れていないところですよね。工事が始まれば騒音はひどいでしょうし、粉塵《ふんじん》だって舞ってくるかもしれない。動物のことを考えれば、マンションの建設はないほうがいい。だから反対しているんですよ」

「そうだ、きっとそれが正解だ」私は投げやりだった。「それでいいじゃないですか」

「違う」と河原崎さんは首を横に振った。「あのあたりでは建設途中のマンションはいくつかある。動物たちのことを考えるんなら、別のマンションでも同じような反対をしてしかるべきだろう？」

「そうではないんですか？」恩田が訊ねる。

「俺は今朝、反対運動をしている主婦たちに話を聞いてみたんだ」

「え、いつ？」私も一緒にいたはずだった。

「おまえと朝、別れてからだ。気になって引き返したんだよ。で、彼女たちも実は、あの男のことはよく知らないようだった」

「永沢さんのことを？」

「朝になるとやってきて、並ぶらしい。挨拶《あいさつ》をしても返事もない。自分で持って来たプラカードを持って立つこと以外は、何もしないと言っていた」

「で？」私は先を促した。

「別のマンションでも主婦たちが似た運動はやっているんだ。まあ、あの永沢のいる場所が一番、人通りが多いといえば多いが、他の建設予定地で聞いてみると、そんな男は来たこともないんだと」

「つまり、永沢さんはそのマンションのところにだけ立っていたわけですか？」

私はそこで、立ち上がった。河原崎さんに関わっているのがだんだんに馬鹿馬鹿《ばかばか》しくなってきたのだ。「ちょっと散歩をしてきますよ」

河原崎さんは嫌な顔をしたものの、「やめろよ」とは言わなかった。不満を口にできない、その不愉快そうな表情は、息子を叱《しか》れないでいる父親の顔つきと似ている、と私は感じ、反射的に、河原崎さんの子供のことを思った。会ったことはなかったのだが、息子が一人いるはずだった。「うちの息子、絵が上手《うま》いんだ」と酔うとよく、河原崎さんは言った。彼の話を鵜《う》呑《の》みにすれば、彼と息子の仲はとても良いものだと感じられたが、河原崎さんのような性格の父親が、思春期の息子にあたたかく受け入れられるとも思えず、だからきっと、さほど良好な親子関係ではないのだろう、と私は見積もっていた。

　園内を順路に従い、回る。歩きながら檻《おり》を眺めていると、今すぐにでも号令をかけたい衝動に駆られた。鍵《かぎ》を壊し、「五十音順に並び、隣のものと手をつなげ」と号令をかけるのだ。そんなことをしてどうするのか、と私は私自身に訊《たず》ねるが、明確な答えはない。

　シンリンオオカミのところで、歩みを止めた。永沢さんが横たわっていた。背広姿のせいなのか、浮浪者には見えない。

　近づき、手で触れようとした。あなたのおかげで私の先輩は妙な憶測ゲームをはじめて困ってしまうのです、と伝えたかった。腕を伸ばし、指を傾け、彼の背中に触れるか触れないか、というところで唐突に、唸《うな》り声がした。

　低く、揺れるような、威嚇《いかく》の声だ。それは目の前のシンリンオオカミが発した声かもしれないし、動物園中の動物たちが目を覚まし、剝《む》き出しにし、夜行性のものにいたっては身を乗り出し、私に警告を与えようとしているのかもしれなかった。とにかく、地面を伝い、私の身体を小刻みに震わせる響きがあった。「うちのエンジンに気安く触るな」

　私は退いた。首を振り、周囲を見回す。ライトであたりを照らす。動物たちに囲まれているのではないか、と恐怖が過《よ》ぎった。誰も彼もが、私を狙《ねら》い、毛を逆立て、もしくは、歯茎を剝き出しにしているのではないか、と。

戻ってきても河原崎さんは熱弁を振るっていた。「あの男が小川市長の殺人に関係しているのは間違いがない。いいか、あの事件は凶器も見つかっていない。犯行現場も不明のままだ」

「それが分かったとでも言うんですか」恩田はさすがに、困惑と疲弊を浮かべていた。

「犯行現場は、ここだ」

河原崎さんが自信満々に言う。人差し指で自分の足元を指した。

「ここ？　うちの動物園ですか？」

「そうだ。二年前、ここで市長は殺された。その後で泉ヶ岳の便所まで運ばれたわけだ」

「動物園でそんな事件があったらすぐに分かっちゃいますよ。こう見えても、昼間はそれなりに混雑してるんですから」

「夜だよ。市長は、深夜の動物園に案内されたんだ。あの永沢という男の手引きかもしれない。俺たちを入れたように、深夜の動物園に招待するのは難しくはないだろう」

「で？」恩田の声は細かった。

「市長はここで撃たれちまった」

「信じられないですよ」

「その時に、流れ弾がシンリンオオカミにも当たったんだ」

「え」と恩田は息を呑んだ。

「オオカミには災難だったろうがな。Flow が撃たれたついでに、Wolf が撃たれた」

河原崎さんは歌うようだった。「その後のことは目に浮かぶ。永沢は慌てて檻に駆け込んだ。オオカミはパニック状態さ。どたばたの間に、もう一匹が本当に逃げてしまったのかもしれない。撃たれた一匹は死んで、もう一匹は檻から逃げた。事件を誤魔化すために二匹が脱走したことにした」

「撃たれたシンリンオオカミの死体は？」

河原崎さんは顔を輝かせた。指をぴんと立てる。「埋めたんだ」

「どこに」私は訊《き》く。

河原崎さんの表情が明るくなった。「そりゃあ、例の大筒マンションの建設予定地に」

「だから、永沢さんはマンション建設に反対しているわけですか？」恩田が感心した。

「マンションなんか建つことになっちまったら、埋めたはずのオオカミの死体が掘り起こされちまうだろう？　そうなったら、市長が殺された場所がどこかなんてすぐに分かっちまう。シンリンオオカミのいる場所なんてここしかない」

「永沢さんが犯人だったんですか？」恩田はがっくりと肩を落とし、「信じられない」と零《こぼ》した。

「信じられない」私も言う。河原崎さんの話を鵜呑みにする恩田が信じがたかった。

「河原崎さんの勝手な思い付きじゃないか」

「思い付きじゃない。推理だ」河原崎さんは口を尖《とが》らせる。

「駄洒落《だじゃれ》と思い付きですよ」

「探偵てのはな、宣言してから理屈をこねるんだよ。シェフだってそうだろうが」

「シェフ？」

「メニューを決めてから材料を掻《か》き集めるのと同じだ」

「違うと思いますよ」

横になったまま檻を眺めていた彼は、男たちの会話を聞き、少しばかり焦《あせ》った。声は聞き取りづらかったが、彼らの一人が林のことを喋《しゃべ》っているのが分かったからだ。自分があの林に埋めたことを知っているようだった。別の一人が、これからそれを掘りに行く、と言うのも聞こえた。

自分の隠していたものが見つかるのは、ばつが悪い。ただ、自分自身では、もう二度とそれを掘り返せないことも分かっていたから、誰かに発見されるのであれば、それはそれですっきりするのではないか、とも思っていた。檻を眺め、瞼《まぶた》を閉じる。

私たちは建設予定地へ向かった。河原崎さんの推理が誤っていることを確かめるには、そこに行って、実際に掘り返してみるのが一番早い、と三人のうちの誰かが、私かもしれないが、提案したのだ。

歩いていける距離だった。夜道を進みながら、私は別の友人のことを思い出していた。「伊藤って覚えているか？」と隣にいる恩田に訊ねる。

「伊藤ってあの、伊藤くん？」

大学時代の共通の友人で、卒業後はソフトウェア会社に勤めていた。十代の頃に両親を亡《な》くした彼は、私たちより大人びていて頭も切れた。

「この間、病院で会った。あいつは眼科で、俺は健康診断だ」

「伊藤くんがどうかしたの？」

「いや、あいつがよく言っていただろう？『人間の悪い部分は動物と異なるところ全部だ』って。それを思い出したんだ」

「ああ、言ってた言ってた」恩田が懐《なつ》かしそうに言った。「あれってどういう意味なんだろう？」

「意味を求めるのも人間だけかもしれないな」

誰がどんな理由でマンション建設に反対しようと意味なんて必要ないじゃないか、と私は思った。


建設予定地には一応それらしく、ロープのようなものが張られていたが、河原崎さんはお構いなしだった。腰を折ると、軽々とくぐった。警備員のようなものはいない。

私と恩田もそれにつづいた。さほど広い土地ではなかった。小さな林が左手にあった。河原崎さんは塀に立てかけられていたスコップを無断で持ってきて、「さあ、掘るぞ」と高らかに宣言をした。

「掘るってどこをです？」

「片端からだ。まあ、おそらくオオカミの死体を埋める時だって人目につく場所は避けるだろうから、奥のほうから掘っていけば効率的だろうな。シンリンオオカミなんてうじゃうじゃ出てくるさ」

「やみくもに掘るんですか？」

夜空を見上げた。雲のない空は藍色《あいいろ》の巨大な穴にも見えた。土を掘る音がしたので、視線を前にやる。河原崎さんが慣れない姿勢で、さっそく足をスコップにかけていた。妙に威勢が良い。これが塾の先生だと考えると、滑稽《こっけい》だった。面識のない、河原崎さんの息子に同情したくなる。

子供の姿が見えた。

私たちの立っている場所の右手で、一軒家を挟み、もう一つ隣のマンションだった。八階建ての古い建物で、その真ん中あたりの高さの部屋に、少年の顔が見えた。

室内の電気を点《つ》けているため、こちらからは丸見えだったのだ。机の上か何かに肘《ひじ》を置き、頬杖《ほおづえ》をついている。少年の視線を追ってみた。身体《からだ》を回転させ、じっと観察した。それこそ私たちが先ほどまでいた動物園を見下ろしているようだった。

二人に近づき、私はそのことを説明する。恩田もすぐに少年を見た。「何を見ているんだろう？」

「俺たちじゃねえのは確かだ」

「無料で動物園を見下ろしているのかもしれないな」と私は言った。「みんなが高層マンションに住んで、動物園を上から覗《のぞ》き出したらおまえのところも商売にならないな」と恩田をからかう。

そのまま三人で交代で土を掘った。林の奥の地面からはじめたが、人一人寝られるほどの穴を掘っても、何も出てこなかった。

こんな無益な労働はないのではないか。鼻に飛んだ土を払いながら言ってみた。

「いや」河原崎さんの顔は私よりは明るかった。「ここの土は案外、柔らかい。こいつは誰かが一度掘った証拠だ」

看板に気が付いたのはしばらくしてからだ。懐中ライトを向け、恩田は声を上げた。私も慌《あわ》てて看板に目をやる。

『当建設予定地の地質調査日』と書いてあった。私は声を出して読んだ。「日付は一ヶ月前だよ」

「これ、一ヶ月前にこの土地の調査をしたっていうことだよね」と恩田も言う。

「どういうことだ」河原崎さんはむっとした。

「もし、シンリンオオカミの死体が埋まっているならその時に見つかったんじゃないですか？」

「ということは？」もう一度訊いてきた。

「その時、ニュースにもなってないってことは、何も掘り返されなかったんですよ」

河原崎さんは不満気だったが、少しして、「シンリンオオカミはここには埋まっていなかったということか？」と認めた。

「ええ、きっと」

穴を埋める作業は、何かが出てくる確証もなく掘りつづけることよりも遥《はる》かに楽だった。

動物園まで三人で並んで歩いて帰った。その途中、車道をよたよたと歩きながら何を喋ったのかは思い出せない。

「次はおまえの番だぞ」

ただ、別れ際《ぎわ》、河原崎さんにそう言われた。はじめは何のことか分からなかったが、どうやら、推理ゲームは続いているらしく、河原崎さんは私を指差した。いつから順番制の強制参加になったのだ。

翌日、私は昼に目を覚ますと建設予定地までやってきた。河原崎さんに唆《そそのか》され、推理ゲームに本腰を入れようと思ったわけではなかった。ただ、夜に見かけた少年が気になったのだ。

二、三人のスーツ姿の男たちがいた。マンションの建設会社の社員だろう。ロープをくぐろうとしたところで、声をかけられた。

「何かご用ですか？」言葉だけは丁寧だが、警戒しているのは明らかだ。

「いえ」と口ごもった。「いえ、あそこに地質調査済という看板があるので気になったんです。何か、その時、出てきませんでしたか？」

「出てきたというと、土器とか石器とかそういうもののことですか」

「ええ、そうです」と深刻な顔をしてみせた。「そういうものに目がなくて」

「おもちゃだとかその程度だったらしいですよ」とスーツの青年は言ってから、「ああ」と思い出し、驚くべきことを口にした。「ああ、そういえば、犬の骨も出て来たっけ」

私は悲鳴を上げるところだった。

「はじめは人の骨かと思って大騒ぎだったんですけど」彼はそれ以上喋るべきかどうか悩んでいるようでもあった。「ペット店の犬だったんですかね、プラスチックの札みたいのが足のところに巻かれていたそうです」

「本当に犬だったんですか？」と訊《たず》ねた。オオカミではなかったか？　そうだとすれば河原崎さんの勘は外れていないことになる。というより大当たりだ。

建設会社の青年の話を聞いた後、私は電話で恩田に確認を取り、それから、河原崎さんを呼び出した。

「そいつはシンリンオオカミだったんだろ？　撃たれて埋められたんだろ？」私の話を聞くと、河原崎さんは私を食わんばかりの勢いで言った。「俺の言う通りだったんだな」

「結論を急がないでください。実は、少年が見ていたらしいんです」

「少年？」

「昨日の夜もいたじゃないですか、あの建設予定地の隣のマンションに頬杖ついている少年が」

「ガキが何を見たんだよ？」

「動物が轢《ひ》かれるところを」

私は一瞬、目を閉じた。車にはねられる動物の悲しみが、目の前を横切った気がしたからだ。突発的に、謂《いわ》れのない巨大な罪悪感を感じてしまい、目を閉じ、やり過ごした。

「あの子はどうやら足が悪いらしいんです。しかも、病気がちで外にも出られない」

「だから、どうした？」

「いつもああやって外を眺めているらしいんですよ」

「中から何を」

「世界、じゃないですか」大袈裟《おおげさ》な言葉ではあったが、誤ってはいないはずだ。

「世界ねえ」

「二年くらい前、深夜に大きな音がした。少年は窓からその一部始終を見ていたそうです。でかいワゴンが犬を轢いた。ワゴンから降りてきた若い男二人が騒いで、その大型犬を担《かつ》いであの林まで運んだらしいんですよ。それで埋めた」

「ガキはそれを見てたのか？」

「そう。覚えていた。で、建設予定地で犬の骨が出て大騒ぎになった時に、すぐに思い出して、窓から大声を出したそうですよ。『僕、その犬知ってるよ』」

その時の少年は得意げだっただろうか、それとも後ろめたかっただろうか、私には分からない。

「建設会社の人たちは、その子の話を聞いて納得したわけです。これは轢き逃げされた犬なんだ、と。それで終わりです。白骨化していたので、処分した。ニュースにもならない」

「でもよ、それ、ただの犬の死体なのか？　シンリンオオカミかもしれない」

「俺もちょっと疑ってみたんです。夜に轢いた動物がオオカミか犬かなんて、分かりませんからね。少年も気がつくわけがない。で、建設予定地で出た骨と一緒にプラスチックの番号札のようなのが発見されたというんで、恩田に確認してみたんですよ」

私が電話で事情を説明すると恩田は、「それはたぶん、うちのオオカミだよ。体調を崩したりすると、印に識別札を巻いたりするんだ。そうか、轢かれちゃったのか」

と驚きと悲しみの混じった声を出した。

「大当たりだ」河原崎さんは歓声を上げた。「俺の言ったのは大当たりじゃねえか」

「違いますよ」と私は諭すような気持ちだった。「確かに、それはシンリンオオカミだったんでしょう。でも、少年が見ていた。オオカミは脱走して、その後で、轢かれただけです。市長とは関係がない」

河原崎さんが子供のように頬をふくらませる。「ようするに俺の推理がはずれたことにはかわりがないってことか」

「残念ながら」私はまったく残念ではない口調で言った。「で」とつづけた。「俺も思い付いたんですよ」

「何をだ？」と河原崎さんは言った。

「何を、って、推理ゲームをはじめたのは河原崎さんでしょう？」

もう一度、建設予定地への道を歩いていた。

「なぜ、永沢さんはマンション建設に反対しているのか」

「おまえの推理を聞こうじゃないか」

「あの少年のためです」

河原崎さんの顔が曇った。

「窓から外を眺める少年のことか?」

「そうです。あの子は外出ができない。唯一《ゆいいつ》の楽しみはあそこから外を眺めること」

「何をだ」

「世界ですよ」今度は言うのが照れ臭かった。「あそこから、動物園を見るのが一番の楽しみなんですよ」

「本人が言ったのか?」

私は頭を掻《か》いた。「俺の推測ですよ。ただ、想像ができます。あそこから動物園を眺めていた少年は、上から見るキリンやら象を楽しみにしていた」

「おまえはそう推測したわけだ。で?」

「マンションが建つと、それが見えなくなる」

河原崎さんは、「なるほど」と言った。

「動物園好きの少年は、きっと永沢さんにとっては同志なんですよ。あの少年のために彼はマンション建設に反対をしている」私は自分の推理が的を射ていると確信していた。「で、これからあのマンションに行こうと思うんです。あの階から動物園が見下ろせるかどうか、それを確認したいんです。河原崎さんも一緒にどうです」

「マンションから動物園が眺められれば、おまえの推理は証明されるわけか」河原崎さんはそう言った後、しばらく考える顔になった。「でも、そうなるとだ」

「何です？」

「あの永沢という男と市長の事件は関係がないことになっちまわないか？」

「なっちまうんですよ」

その日の夜、私は、伊藤に電話をした。連絡を取りたかったのだ。病院で会った時に聞いた番号にかけた。単に、懐《なつ》かしかったから、という気持ちだったが、私はもとから彼に相談するつもりで電話をしたのかもしれない。自分の近況から話は逸《そ》れ、確かに近況といえば間違いなくそれも自分の近況ではあったのだけれど、動物園での出来事を喋《しゃべ》りはじめていた。推理ゲームが自分の番になり、私は推測に自信を持って、マンションへ行ってみたのだ、と説明した。

伊藤は時折、相槌《あいづち》を打ち、質問を挟みながら聞いていた。「で、マンションからは動物園が見えたのかい？」

「残念ながら」実際、その日中、河原崎さんとマンションの階段を上り、少年の部屋があると思われる階から顔を出した瞬間、結論は出た。まったく見えなかったのだ。動物園はほぼ正面にあったが、別のビルが邪魔で中までは到底見えなかった。もう何階か上の階、もしくは屋上より高い位置からでなければ見下ろせない。

「その少年は部屋から動物園を見ていたわけではなかったのか」と伊藤が言った。

「永沢さんは、その少年のためにマンション建設に反対しているわけじゃなかった」

「なるほどね」

「どう思う?」

「どうって」伊藤は小さく笑ってから、「僕ならそもそも『動物園のエンジン』なんて信じられないからなあ」と言った。

彼は学生の頃から現実的だった。人を小馬鹿《こばか》にすることは決してなかったが、自分で見たもの以外は信じないというスタンスを取ることが多かった。

「ただ」と伊藤がつづけた。

「ただ?」

「その男の人がマンション建設に反対しているという理由はさ、もっと別の考え方をすればいいのかもしれない」

「どういうことだ?」

「恩田や君たちは、その男がどういう理由でマンション建設に反対しているのか、マンションが建つとどうして困るのか、それを考えていた」

「そのとおりだ」

「別の考え方をしたらどうだろう？　その男はマンション建設に反対しているわけではなくて、反対運動そのものをしたがっているんだ」

「同じじゃないか」

「いや、微妙に違う。つまり、その男には、毎朝その場所でプラカードを持っていること自体に意味があるんじゃないかな」

私は、彼の言葉を頭の中で繰り返した。

「大の男が何もしないで突っ立っていると怪しまれるだろうけど、反対運動の主婦たちに混じっていればさほど変じゃない。木は森に隠せ、突っ立っている男は突っ立っている主婦たちの中に隠せってことだよ」最後は伊藤も自分で笑っていた。

私の記憶によれば確か、その後しばらくして、伊藤は会社を辞め、コンビニエンスストア強盗などをやらかして警察に逮捕された。しかも、逮捕後に逃走までし、私は友人たちと、あの伊藤がどうしてそんなことを、と首をかしげたものだった。

翌日の朝、三人でガソリンスタンドの脇《わき》に立っていた。私は出勤前だったのでスーツ姿だったが、代休を取ったという恩田と自営業の河原崎さんは普段着だった。

私と河原崎さんは腕を組み、恩田は貧乏揺すりをしながら、マンション建設予定地から二十メートルほど離れた場所に、いた。

十分ほど前に永沢さんは現われた。動物園のほうからやってきたかと思うと、林の中に入っていき、どこからかプラカードを持って来て、立った。

『マンション建設反対』と書かれた板だった。『一度壊された林は、戻ってこない』ともある。

「ただのプラカードだぜ」と河原崎さんは言った。

「いや、分かったんですよ」と私は言う。「彼はあそこで立っていることが目的なんです。建設反対が目的じゃない」

「あそこで突っ立って何ができる？　見張りか」

「いえ、あそこで誰かにメッセージを送りたいんですよ」

「メッセージ?」恩田がこちらを見た。

「でもあれは、ただの建設反対のプラカードだ」と河原崎さんが言う。

「きっとプラカードの裏側に書いてあるんです」私は言い切った。「あの場所に立って、さっとプラカードを裏返せばいい。怪しまれずに、反対運動のふりをしながら、誰かにメッセージを送れる。裏返すんだ。いつもそうしていたんですよ、きっと」

「誰のために?」

「俺の勘が正しければ、離婚して離れ離れになった息子のために」

「息子さんへのメッセージ?」

「たとえば、彼は息子と連絡を取りたいのに、できないのかもしれない。狂人と見なされているから。電話もできない。でも息子には会いたい。そこで考えた。息子が毎朝通る道で立っていたらどうだろう、と。待ち伏せだ。接触をすると、きっと別れた妻が黙っていないだろう。そこで、プラカードを思い付いたんだ。息子への言葉を持って、毎朝あそこで立っている」

恩田が、「なるほど。それはいい話だなあ」とうっとりするように言った。

「いいとか、悪いとかじゃなくてだ」河原崎さんは頭を掻いていた。納得が行かなかったのだろう。「動物園で毎晩眠っているような男がだ、そんなことを企《たくら》むわけがないだろうが」

私たち三人はそのまま喋ることをやめた。じっと眺めていれば真相が分かるはずだった。

ただ、私には確信があった。彼はプラカードをひっくり返すに違いなかった。永沢さんは何かを目で追っているようにも見えた。車の流れを観察していた。

結果は思ったよりも、早くに出た。何分もしないうちに永沢さんの腕が動いたのだ。

今でもその時の場面が思い出せる。ゆったりとした映像として、はっきりとだ。私の隣で恩田が唾《つば》を飲み込む音が聞こえ、河原崎さんが身を乗り出した。

永沢さんは持っていた板を一度、膝《ひざ》のところまで下ろした。文字の上下を確認するように目をやっている。ゆっくりと板を反対にする。私の鼓動は速くなった。

永沢さんの裏返したプラカードが、胸の位置まで上がる。『愛してるよ』などと子供の名前と一緒に書かれているのを私は想像し、もしそうであったら泣いてしまうような予感すらあった。

音も聞こえない。私たちはじっと目を凝らす。プラカードが持ち上げられる。

『動物園に行こう。休日をライオンと』

そう書かれていた。

私と恩田は口を開けたまま、棒のようになった。河原崎さんは真っ先に声を出して笑った。どちらかと言えばあれは、幸せな笑い声だった。「傑作だ」と何度も言った。

「ただのコマーシャルじゃねえか」

しばらく経《た》って、ようやく落ち着いた顔になると、「永沢さん、動物園好きですから」と恩田が隣で言った。ここは人通りがあるから、良い宣伝になりますし、と。

肩透かしを食らった感覚は確かにあったが、気分が悪いこともなかった。「何と言っても、動物園のエンジンなんだからな」と私は言った。


彼は夜になっても眠っていなかった。係の人間が運んで来た餌《えさ》はとっくに平らげたのだが、空腹感があった。ここ数日うるさかった男たちの声が、今日はしない。

彼は自分が檻《おり》を抜け出たあの日のことを思い出す。あの日、檻の入口を頭で触ってみると、いつもは感じるはずの重さがなく、驚くほど簡単に扉が開いた。

檻の外へ足を出した。おそるおそる足を出し、地面に触れる。一歩、もう一歩と交互に踏み出す。檻の中ではすぐに壁があるが、外にはそれがない。地面の感触があった。壁はどこにも見当たらず、何歩進んでも、行き止まりにならなかった。このまま歩み続ければ、どこまでも進むことができるのか、と思った。解放感がじわじわと足の裏から湧《わ》き上がってくる。

体調を崩していたはずの相棒も後ろから出てきた。心なしか嬉《うれ》しそうだった。どちらが言い出したことでもなかったが、同時に地面を蹴《け》る。身体《からだ》が跳ねる。もう一度蹴る。身体に快感が走る。次第に速度を上げる。行き止まりはない。そのことが信じられなかった。気が付いた時には駆け出していた。

相棒を見失ったのは、裏の林近くでのことだ。見せたら喜ぶかと思い、道路に落ちていた玩具《おもちゃ》や空缶を拾い集めていたが、顔を上げると彼女の姿がない。捜したものの、見つけることができなかった。

集めた小物は仕方なく、土に埋めた。もう二度とあれを掘り返すこともない。そう思うと、胸の辺りに窮屈な痛みを感じた。

今、檻の前では、永沢が眠っている。

「俺も一人なんだ」と永沢が言うのを、彼はよく聞いた。寝言なのかもしれなかった。永沢がいると穏やかな気持ちになる。彼は静かに目を閉じる。一度だけ飛び出した檻の外の世界を思い出し、夢を見た。一歩、二歩と足を出し続けても、永遠に行き止まりにはぶつからない、あの感覚が蘇《よみが》える。

再び、あの時いなくなったシンリンオオカミを思い出した。


地下鉄車内の客は、さらに少なくなった。

あの後、様々なことが変わった。河原崎さんはビルから飛び降り、恩田は新興宗教にのめり込み、そのまま役所を辞めた。最近も、妻が街で見掛けたと言うが、集会の最中らしくて声がかけられなかったらしい。

市長の事件は、あの、動物園の出来事から半年もしないうちに犯人が逮捕された。産業廃棄物の処理についての争いだとか、そういう問題があったらしかった。ニュースで逮捕された犯人たちの顔を眺めながら、「市長は善人だった」と喋りあったのを覚えている。

妻と娘は、私に寄りかかったままだ。

車両のドアが開いた。視線をやると、男が一人、足を引き摺《ず》り、入ってきた。背広姿ではあったが、通常の社会人とも違うように見えた。どこが、とは指摘しづらいが、背広の皺《しわ》や行くあてもなさそうな、だらしない歩き方からそう感じた。定年退職を過ぎたあたりの年齢にも見える。

目の前を、右から左へと横切っていく。

声を上げそうになる。どういうわけかその男が永沢さんに見えた。たまたまあの時のことを思い出していたからかもしれないが、後ろ姿が似ていた。すぐに自分でも笑いそうになる。私が知っているのは、いつも動物園でうつ伏せに眠っている永沢さんだった。歩く背中が似ている、と断言できるほどの記憶はない。

後を追い、声をかけたかった。腰を浮かせようとしたが、妻たちが眠っていることを思い出し、躊躇《ちゅうちょ》する。

男は背中を見せて車両を進んでいく。

妻と娘の顔を見る。手に握る切符が落ちていないことを確認した。私は完全に、腰をシートに戻し、軽く目をつぶった。

もう一度、左へと顔を向けた。

よく見れば男は右脇に何かを抱えていた。プラカードにも見えた。

サクリファイス

1

全《すべ》ての道はローマに通ずるというのは、あれは嘘《うそ》だな、と黒澤はブレーキを踏みながら、思った。車道は行き止まりになっている。

仙台の南郊にある温泉街に出たのが数時間前で、そこからさらに山形方向へ車を走らせてきたところだった。

ローマまでは期待していなかったが、むしろローマに行ってしまったらそのほうが困ってしまっただろうが、とにかく、適当な場所へは抜けられるだろう、と安易に考えていた。来る途中から、道は緩やかな上り坂となり、道幅が狭くなり、舗装された道路が途切れ、砂利道となった。そのどれもが行き止まりを暗示していた。引き返すにも結局、機を逸した。

車を停め、運転席から外に出る。周囲は木々で囲まれていた。十二月の今は、葉もつけておらず、その細い枝を伸ばした姿は、あっけらかんと服を脱いだ、細身の男女を思わせる。山道に入り込んでいたらしい。小暮村に行くには別の道に入るべきだったということだ。「道を誤ったというのであれば、三十代の半ばを過ぎ、まともな職にも就かず、本業は空き巣で、副業は探偵だ、とうそぶいて暮らしているおまえこそが道を誤ったのではないか」と風で揺れる枝が揶揄《やゆ》してくる。そう感じた。

黒澤はジャケットを羽織りなおし、車のドアを力強く閉めた。するとそこで、予想外のことが起きた。土が削れる音がしたかと思うと、下の砂利がごっそりと崩れたのだ。車体が左側の草むらのほうへと傾き、ひっくり返ることはなかったが、斜めに倒れ、右側のタイヤが二つとも宙に浮いた。

ドアを閉めたら、車が倒れます。

そんな話、レンタカーの店では聞いていなかったぞ、と呆《あき》れながら腕時計に目をやると、午後の三時を過ぎている。暗くなる前には車を移動したいが、一人の力でどうこうなるとも思いにくい。歩いて戻り、人の姿を探すことにした。

砂利道を歩いていく。山の裾《すそ》野と言うべきなのか、まわりには林が広がっている。しばらく進むと、五十メートルほど先の左手に、巨大な岩壁が見えた。山の一部が土砂崩れでも起こしたのか、抉《えぐ》られていた。硬質なタイルを思わせる、石の壁のような、巨大な岩肌がある。山の皮が削れ、中の頭蓋骨《ずがいこつ》が晒《さら》されているようで、これはなかなか見ごたえがある、と感心した。近寄ろうかと足を踏み出す。同時に、前方に人の姿を見つけた。白髪の男で、黒いジャージを着ている。腰をかがめ、地面に手を伸ばし、木を拾っていた。

「おい」黒澤は手を上げる。「車を動かすのを、手伝ってくれないか」

その時はまだ、自分がまさか、生贄《いけにえ》であるとか、犠牲であるとか、そんな風習に巻き込まれるとは予想もしていなかった。

2

「無理だよこりゃ、あんたと俺じゃあ、動かせないさ」柿本《かきもと》と名乗った白髪の男は、レンタカーのバンパーに手をやった姿勢のまま、黒澤に眉《まゆ》を下げた。還暦過ぎだという彼は、皺《しわ》の多い顔をしていたが、微笑《ほほえ》むと子供のような屈託のない表情になる。

「頼んでおいて何だが、あんた、全然力を入れてないじゃないか」黒澤は、相手の腕を指差した。うんうん、と唸《うな》り声は出すものの、押すと言うよりは、触れているだけだ。労働嫌いの若い女が、荷物を数メートル運んだだけで、「疲れちゃった」と駄々をこね、座り込むのと似ている。

「芸術家ってのは、腕力がないもんなんだよ。あんた、何も知らんな」

柿本は自分のことを、村に住む彫刻家と言った。「俺の名前を今のうちに覚えておいたほうがいいな。近いうちに、名前が売れっから」と真剣な目で主張する。六十歳を過ぎた自称芸術家が、自分の未来にまだ期待を持っている、というその事実に、黒澤は滑稽《こっけい》さよりも心強さを感じた。

「そうなのか？」石や木を彫る彫刻家には腕力が必要ではないのか？

「金持ち喧嘩《けんか》せず、って言うだろうが」

「意味が違う」

「ならあれだ、色男、金と力はなかりけり」

「どちらかと言えばそっちのほうが近いかもしれないが。もう少し、あんたのその芸術家の手を貸してくれないか。俺は車を元に戻したいし、そのためには他の人間の助けが必要で、あんたはその、他の人間だと思うんだ」

「いや、こりゃ二人じゃ無理だって」白髪の柿本は、芸術家としては致命的と思えるほど、諦《あきら》めが良い。

「それなら、あんたの村で、他の人の手を借りることはできないか？　歩いてどれくらいかかる？」

「歩くと、二、三十分くらいかな」

「あんたの村というのは」

「小暮村だ」柿本が答えたので、黒澤は指を鳴らしそうになる。「そいつは良かった」

「良かった？」

「いや」と言葉を濁す。

すでに柿本が歩き出していたので、黒澤は慌《あわ》てて続いた。

山田という男を捜していた。仙台市内に住む、五十三歳の男性で、二週間前から行方が分からなくなっている。

「山田はうちの部下なんですがね、今度の裁判で証人に立ってもらわなければならないんですよ。うちでも探してはいるんですが」

依頼をしてきた男は言葉遣いこそ丁寧ではあったが、柄は悪かった。礼儀正しい生業で生活をしているとは思えなかったから、おそらく山田も同じたぐいの仲間なのだろう、と想像した。

「それなら」と黒澤は思いついたことを話した。「山田に証人に立たれると困る人間がいるんじゃないか？　そいつが匿《かくま》っているんじゃないか」

「そんなに都合のいい隠れ場所なんてないんですよ。意外に、ないんです」依頼人は、素人《しろうと》の思い付きを笑い、「たいてい、ボロが出るんでね。ほらいまどきは、どんなに神経を尖《とが》らせたところで、公開前の映画が、ネットに違法アップロードされたりするじゃないですか。情報なんて、絶対漏れちゃうんですよ。だから、秘密厳守の堅い隠れ場所とかね、もしそういうところがあれば、私たちも知りたいくらいですよ。どっかにないですか」と反対に訊《たず》ねてきた。

その依頼の後、黒澤は本業で使うための技術を発揮し、山田の住むマンションに忍び込んだ。物騒な気配を漂わせた男たちが数人、マンションの周りに張りついていたが、気づかれることはなかった。予想していた通り、部屋はすでに家捜しされた跡があり、役立ちそうなものは見つけられなかった。ただ、部屋の隅に古い型のパソコンが置かれているのは発見できた。電源を入れ、残っている情報を漁《あさ》った。データは消されているようだったが、黒澤は諦めず、鞄《かばん》からCD-ROMを取り出し、パソコンに入れた。ハードディスクの内容は、ただ単に削除しただけでは、まだ残っている。その内容を復活させるためのソフトを起動させた。もう一度、中を検《あらた》める。すると、興味深い内容をいくつか掘り出すことに成功した。そのうちの一つが、インターネットを閲覧した履歴情報で、半月ほど前に、「小暮村」という名前で検索をした形跡だった。

砂利道から舗装された車道に出ると、冬の陽射《ひざ》しが照っている。岩壁の下の林は陰になっていたのだろう。「実は、人を捜しているんだが」黒澤は、左隣を歩く柿本に話した。

「人？　誰だ？」

「山田という男なんだが」黒澤は言い、ジャケットの内ポケットから、写真を取り出す。

「チンピラがそのまま年取ったような顔だな」歩きながらそれを眺め、柿本が関心もなさそうに答える。

「小暮村にいるかもしれない」

「うちの集落にはいねえな」柿本は断言した。「小暮村って言っても、十以上の集落でできてるし、そこそこ広いんだけどな。ただ、どこも、二十くらいしか家がねえから、よその奴《やつ》がやってきたら、すぐに分かるさ。そんなおっかねえ顔した男がうろついたら、すぐに噂《うわさ》になる。うちのところでは見かけてねえよ」

集落のどこかに隠れている可能性はないのだろうか、と黒澤は思う。「村で、人捜しをさせてもらってもいいか」

「周造に頼めば、いろいろ手を貸してくれるんだけどなあ」

「誰だそいつは」黒澤は訊ねる。「村長か？」

「いや、村長は陽一郎って男だ。盤《ばん》陽一郎」

「バン？」

「盤ってのが苗字《みょうじ》だ。周造ってのはそれとは全然違って、大工だよ」

「大工と村長は全然違うのか」

「大違いだよ。性格が違うんだよ。周造のほうは、頼めば何でもやってくれる。親切な奴だから、山田という男がいるかどうかなんて、頼めばすぐに調べてくれるぞ、たぶん。あいつなら他の集落にも顔が利《き》くしな」

「心強そうだな、その、周造という男は。その話し方からすれば、村長の盤陽一郎というのは、あまり頼れない男ということか？」

「まあな」芸術家は歯に衣《きぬ》を着せない。

「周造という男に会えるか」

「それがな」柿本が白髪を掻《か》く。「今、ちょうど、こもり様だからな。あんた、運が悪いよ」

「蝙蝠《こうもり》様？」

柿本がひどく言いづらそうに、「こもりさまだっちゃ」と言い直す。あまり何度も発音したくない様子で、早口だった。

3

道を歩きながら、時計に目をやる。日が周囲の明るさを引きずって沈みはじめ、空全体が萎《しぼ》んでいく気配がある。

「何とか様の話を教えてくれないか」

柿本は一瞬顔を曇らせた。けれどほどなく、「まあ、別にいいか。隠すことでもねえからな」と自分自身を納得させるように言った。「こもり様ってのは、うちの風習だよ」

「風習」

「うちの集落のな。もとを辿《たど》れば、江戸の頃かららしいんだがよ」まっすぐに道を歩きながら、黒澤を窺《うかが》ってくる。「俺たちの小暮村ってのは、宮城の端っこなんだよな。分かるだろ。あの山を越えれば山形県だしな」と今通ってきたばかりの、後方を指差した。

「ローマではなく、山形だったか」

「何だよそれ。とにかくよ、最後の最後の村なんだ。ただ、当時は、そこの山道を行こうとする奴《やつ》らはあんまりいなかったらしくて、みんな、遠回りして、山を避けて、ぐるりと回って行ったんだと」

「険しいからか？」黒澤は、車で行き詰まった場所を思い返しながら、言う。道が続く気配もあったが、整備されてはいなかった。かなりの急勾配《きゅうこうばい》にも見えた。

「いや、もちろんそれもあるんだろうがさ。実際は、あれだ、山賊だよ」

「山賊」

「当時はな、山賊が出たんだ。山を行き来する者を狙《ねら》って、集団で襲い掛かる奴らがいたわけさ」柿本は、自分で体験してきたかのような口振りだった。「山のどこかに住んでたらしいな。徒党を組んで、今で言うキャンプみてえなことをして、暮らしていたんだろう。かなりの暴れっぷりだったんだと」

「山賊よりは、空き巣のほうが、たちが良いな」黒澤は思わず、口ずさむように言うが、柿本は聞いていなかった。さらに話を続けた。

「山賊は、通行人を襲っては荷物を奪って、でもって、時には村にもやってきたらしい。女が襲われたり、田圃《たんぼ》が荒されたり、大変でな」

柿本は喋《しゃべ》るほどに気持ちがこもるのか、口に泡を浮かべ、若い娘を取り囲む体格のいい男たちの迫力を述べ、田畑を潰《つぶ》され茫然《ぼうぜん》自失となった農民の悲しみを力説した。あんた見たのか、と黒澤は確認したくなった。山賊の悪行を目撃したのか、と。

「でな」柿本の声の調子が変わった。「ある時、当時の村長が夢を見たわけさ」

「唐突だな」

「まあな」柿本が胸を張る。

「どんな夢だったんだ」

「簡単に言っちまえば、生贄《いけにえ》だ。誰かを捧《ささ》げれば、災難が去るってやつだ」

生贄、という言葉を耳にするとも思っていなかったため、黒澤は驚いた。ただ、理不尽な災いに対し、捧げものをするという発想は突飛とも感じなかった。「ありそうだな」

「実際あったんだって」柿本はそこで言葉を止めた。あたりの静けさが際立《きわだ》った。

「こっちだ」と彼が指差す。細い道が左手に伸びていた。車で通過した時には、見逃していた。

「で、村長が、その生贄を捧げる夢の話をして、提案をしたわけだ」柿本の手にはいつの間にか、竹刀《しない》を短くしたような木の枝が握られている。どこかで拾ったのだろう。

「生贄の提案か。そんな提案が通るとは思えないが」

「だろ？　でもよ、それが、村の人間たちは賛成したんだと。普通ならとんでもねえってことでもよ、状況が厳しくなると、みんな麻痺《まひ》しちまうんだろうな。山賊の被害で、心底困ってたら、何にでも縋《すが》りたくなるじゃねえか。過激なことであっても、じゃねえな。過激であればあるほど、みんな、賛成するんじゃねえのかな」

「確かに」鬱憤《うっぷん》を吐き出すには、そのほうが適しているように思えた。「過激で、分かりやすいやり方のほうが、人を惹《ひ》きつけるだろうな」

「だろ。でな、とにかく、ある女が生贄に決まったんだ」

「女か」

「女は村の人間から説得されたんだろうな。泣いて頭を下げられたり、脅されたり、殴られたりもしたかもしれねえな。おだてられた可能性もある」柿本の頭の中ではさまざまな想像が展開されているようだった。「とにかく、女は洞窟《どうくつ》に入った」

「洞窟？」

「村長の見たのは、そういう夢だったんだと。生贄を、洞窟に閉じ込めなくちゃならなかったんだ。決まったからには、無理にでも実行したんだろうな。洞窟の外に岩を置いて、閉じ込めた。村の奴らは逃げるようにその場を去って、しばらく岩壁には近づかなかったわけだ」

「女は？」

「そりゃ死んださ。舌を嚙《か》んだとか、餓死したとか、洞窟に潜んでいた毒虫に嚙まれたとか、いろんな話があるみてえだけどな。いずれにせよ、女は生贄としての立場をまっとうしたわけだ」柿本は、うん、うん、と感じ入るように首を振る。「村中で祭りが行われてな、女は埋葬されたんだと」

「祭りか」

「祭りをやる時ってのはどっちかだ。よっぽど嬉《うれ》しい時か、よっぽど怖い時だ。みんな、罪悪感をごまかしたかったんだろ。きっとそうだな」

「山賊はどうなった」

「止《や》んだ」柿本の目が光る。「ぱったり、山賊は現われなくなったんだと」

「夢のお告げの通りだったわけか」

「それ以降、村の人間は山を越えて、山形と行き来できるようになったわけだ」

できすぎだ、と黒澤は思った。「山賊はどこに行った？」

「さあ」柿本は、そんなことはどうでもいいさ、と言わんばかりだった。「とにかくな、それ以降、困ったことがあれば、生贄をこもらせることになったわけだ」

「洞窟にこもるから、こもり様か」

「だな。この辺は、産業がねえんだよ。自分たちで食うくらいの米は、田んぼから取れるが、天気が悪いとそれも駄目になる。おかげで、日照りが続くとすぐに食糧難だった」

「ありそうだな」

「あったんだよ。で、そういう時はまた、生贄を選ぶわけだ」

「選ばれた奴がこもるわけか」

「驚いたか」

「驚いたな」

「その割に、驚いていない顔だよな、あんた」柿本は不満げに言う。「とにかくな、生贄がこもると、急に雨が降ったり、そうじゃなけりゃ、山で熊《くま》が罠《わな》にかかったりしてな、効果が出たんだと」

「生贄はどうやって選ぶんだ?」黒澤が興味を示すと、柿本は、大事なことを説明し忘れていたな、と唇を舌で舐《な》めまわし、「それが面白えんだよ」とはじめた。

「面白いのか」

「おお、ついたぞ」柿本は話をぶつりと切り、声を高くした。

顔を上げる。小暮村に到着した、という意味だとは分かったが、「ようこそ小暮村へ」のアーチがあるわけでも、住宅地のように家が整然と並んでいるわけでもない。ただ、車道の両脇《りょうわき》に畑や田圃と、民家が並んでいるだけだった。

「まずは俺んちに来いよ。うちのも紹介してやっから」

「あんた、結婚しているのか」

「当たり前だろうが。俺が還暦になるまで、何をやってたと思ってんだ」

4

「もう諦《あきら》めてるんですよ」花江は苦笑まじりに言った。皺《しわ》が顔を覆《おお》ってはいたが、肌は綺麗《きれい》で、柿本よりも五歳も年上だと言っていたが、むしろ彼女のほうが若く見えた。

「この人はもう、子供みたいなもんですから」

柿本の家は、青いトタン屋根の平屋だった。広い和室が二部屋あり、そのうちの一つは工房らしい。木屑《きくず》が散らばり、木材がいくつも置かれている。室内にも風が吹き抜けるのか、肌寒さを感じたが、こたつに足を入れるといくぶん、ましになった。

「この人、本当は仙台で、市役所に勤めていたんですよ、ずっと」お茶を出した後で、花江が言った。「それが九年前に突然、辞めて、で、すぐにこの村に引っ越してきたんです。俺は芸術家になる、とか言っちゃって。貯金があったから良かったものの、本当に大変で」と、本当に、の部分を強調した。

「そうじゃない。芸術家になる、じゃない。芸術家にならなければならない、と俺はそう言ったんだろうが」柿本は持っていた木を持ち上げ、「帰ってくる途中で面白い素材を見つけたんだよな」と隣の部屋へと消えた。

「ああやって、自然に落ちてる木を使って、彫ったり削ったりして、わたしからすれば子供の大工仕事にしか思えないんですけど」花江が顔をゆがめた。「まあ、でも仕方がないですからね。年下の弟の面倒を見るような、そんな気持ちになってます」

「大変だな」黒澤は儀礼的に同情の言葉を投げかけた。

「大変なのはいいんですよ。生きていくのが楽じゃないってことくらいは、わたしにも分かりますから。でもね、ちょっとは売れてくれないと」

「くれないと？」

「張り合いがないですよね」彼女は寂しい笑みを見せた。「お金よりもね、何かこう人生のうちで一度くらい、やったね、とか言ってやりたいじゃないですか」

誰に対してそう言ってやりたいのか、黒澤には見当がつかなかった。彼女自身にも分からないに違いない。反射的に、以前、遭遇した老夫婦強盗のことを思い出した。拳銃《けんじゅう》を持って、黒澤の財布を奪おうとした老夫婦のことだ。「今まで真面目《まじめ》に生きてきたから、羽目を外そうと思った」と言う姿はどこか現実味がなかった。あれも言ってしまえば、やったね、と喝采《かっさい》を叫びたかったのかもしれない。

「実は、人を捜しているんだが」黒澤は例の写真を、こたつの上に置いた。

花江は身を乗り出し、それをじっと見つめる。「見ない顔だけれど、この人、ここにいるんですか?」

「そんな新顔がうろついてたら、すぐに分かるよな」いつの間にか柿本が戻ってきている。「俺たちが九年前に来た時なんてな、ちょっと足を踏み入れただけで、あっちでこそこそ、こっちでこそこそ、言われたもんだ。よそ者には敏感なんだよ」

「狭い集落ですからねえ」

「その」と黒澤は先ほどから気にかかっていることを訊《たず》ねる。「さっきから思っていたんだが、集落と村というのは違うのか?」

「集落ってのはさ、俺たちが暮らしている、この場所のことだ。昔ながらの、家の集まりだな。まあ、俺たちからすればこっちのほうが村って感じだし、実際、昔は村と言えばこの集落のことだったんだ。村長ってのはこの集落の長でよ。でも、今、村って言えば、正確には、お役所が決めたやつだろ。この小暮村ってのは十以上の集落が集まってできている。村役場は温泉町のところにあって、村長の陽一郎はこの集落からそこへ通っている」役所に勤めていたはずの柿本は、お役所、と言う時、少しだけ照れ臭そうだった。

黒澤は、そうか、とうなずいた。「この集落のどこかに、山田が隠れている可能性はないのか？　誰かの家でなくても、どこか外に」

「冬ですからね。外に隠れてるとしたら、夜なんか、寒くて寒くて大変ですよ」

「そんなことよりもよ」柿本は、黒澤の肩を軽快に叩《たた》いた。「さっき、こもり様のことは、どこまで話したっけか」

「また」花江が顔をしかめる。「また、そういうことをべらべら喋《しゃべ》ってるんですか。陽一郎さんに怒られますよ」

「あの堅物は、真面目すぎるんだ」

「さっきは、生贄《いけにえ》の選び方の話だった」黒澤は話題を戻す。

「ああ、そうだそうだ、その話だったたな。それがまた面白えんだ」柿本が指を立てる。「この集落の住人が、集会所に集まるんだよ。まあ、集会所って言っても、人の家なんだがな。そこで、円陣を作るように、座るわけだ」

「円陣を組む男女、か」

「かごめかごめだとか、ハンカチ落としだとか、ああいう風にな。でもって、馬鹿《ばか》でかい数珠《じゅず》を全員で握って」

「各世帯の代表全員に行き渡るなんて、かなり長い数珠だな」

「かなり長い。な、長いよな」柿本は神妙にうなずいてから、花江に確認する。

「あんたって、見たこともないくせに、よくもまあ見たように話しますねえ」

「見たことがないのか」黒澤は思わず、鼻から息を洩《も》らす。

「まあな」柿本がこめかみを掻《か》く。「こもり様ってのは、十年以上住んでる奴《やつ》じゃねえと参加できねえんだ。だから、俺んところはまだ駄目でな」

「どうして十年なんだ」

「知らねえよ」柿本は吐き捨てるが、その向かいに座った花江が、「きっと、興味本位の人は入れたくないからでしょうねえ」と、当てこするように、言った。

「とにかくな、その数珠をみんなでつかんで、歌に合わせて、時計回りに回していくんだ。数珠には一箇所だけ、大きな珠《たま》がついているんだな。で、歌い終わった時にその部分を持っていた奴が、当たりってわけだ」

「当たりか」むしろ、外れ、と言ってもいいかもしれない、と黒澤は思う。

「いつも最初に、村長がサイコロを振ってだな、でもって、歌う回数を決めるんだと。そうしねえとだいたいいつも、円陣の同じ場所が当たりになっちまうからだろうな。でもよ、昔は、本当に生贄にならないといけなかったからな、かなり緊張しただろうな。命がけの籤引《くじび》きみてえなもんだ。真剣勝負というか、そりゃ、興奮しただろうなあ」柿本の鼻息が荒くなった。

「昔は、ということは、今は本当の生贄になるわけではないんだな」

生贄を選び出し、閉じ込めるという風習が、二十一世紀の、仙台から陸続きの村で行われているのだとすると、さすがに現実味がなかった。先ほど入り込んだ山の中で、その岩壁の洞窟《どうくつ》で、何者かが生贄として閉じ込められている光景を思い浮かべてしまう。出してくれ、と必死に壁を叩く、当たり籤を引いた村民の恐怖に満ちた顔が見える。

「そりゃそうだ」柿本が笑う。「今はそこまではやんねえよ。恰好《かっこう》だけだ。そんな恐ろしい風習だったら、俺だって、あんたに話さねえよ」

「そうか」

「今はよ、実際に死ぬわけじゃねえんだ。こもり様は、あの岩壁の洞窟に五日とか十日とか、決められた間だけ閉じこもってりゃいいんだよ。日数と言うのも、やっぱりサイコロを振って決めるらしいんだけどな、とにかく死にゃしねえ。出口を塞《ふさ》がれるが、用意様って言ってよ、食事を運ぶ奴が割り振られるんだ」

「用意様？」

「食事の用意をするから、用意様だ」

「誰がそれをやるんだ」

「たいていはそいつの家族だが、いなけりゃ、こもり様が指名する」柿本はとうとうと話す。参加したこともない、言ってしまえば除《の》け者の彼の饒舌《じょうぜつ》は、耳年増《みみどしま》のそれだった。「人は出入りできねえけど、小さなお盆くらいなら入る穴があるんだよ。ポストの投函口《とうかんぐち》みたいなやつだな。そこから、飯を運ぶんだ。十日くらいなら、耐えられないこともねえんだろうな。具合が悪そうなら、用意様が村長に伝えるし」

「その、儀式に効果はあるのか」

「今となっては、盆踊りとか彼岸とかああいうのと一緒じゃねえのか。恒例行事」

「定期的にやるわけか」

「いや」と柿本が鋭く否定をした。「陽一郎が決めるんだ」

「さっき言っていた村長か」

「あんた、ほら、陽一郎さんのところに行ってきたほうがいいんじゃないかい」花江が口を挟んだ。「黒澤さんを会わせてやったほうがいいだろう。もしかしたら、捜している人のこと、知ってるかもしれないし」と山田の写真を叩く。

「どうせ嫌な顔をされるに決まってんだ。陽一郎は融通が利《き》かねえ。村によその奴が来るなんて、それだけで嫌がるからな。俺たちが来た時だって、露骨に迷惑そうだったじゃねえか」

「村長の陽一郎というのはどういう男なんだ」黒澤は明日にでもその男に会いにいこうと考えて、花江に訊ねる。

「陽一郎ってのは、ありゃ、冷血漢だな」隣で柿本が、ぶつぶつ言った。

「この人が陽一郎さんを毛嫌いしているのは、まあ、被害妄想というか、わたしたちがなかなか村の仲間に入れてもらえないからなんですけどね」と花江が小さく笑う。

「でもまあ、陽一郎さんは悪い人ではないですよ。年は今、五十過ぎじゃないかしらね。細身の、眉毛《まゆげ》が濃くてきりっとした人ですよ。生真面目というか、あんまり笑わないですけど」

「まったく笑わねえよ。杓子《しやくし》定規でよ」

「陽一郎さんも村をまとめるのに必死なんですよ。代々、この集落を仕切ってきたのがあそこの家ですからね。その、気負いとかあるんじゃないですかね。二十歳の頃から、家を継いでいたらしいですし。昔と違って、村長は選挙で選ばれるようになったとはいえ、やっぱりあそこの家の者が村長になりますから。今じゃ、ここだけじゃなくて、村全体の代表です。こんな小さな村を維持していくのだって、大変だと思いますよ」

「確かになあ」柿本もそれには同意した。「陽一郎の親父《おやじ》の時なんて、どうしたって村を存続できねえからって、やれ廃棄物処理場を誘致するだとか、合併するだとか言ってたらしいよな」

「そこから、立ち直らせてきてるんですから、陽一郎さんは頑張ってますよ」

「どうやって立ち直らせたんだ？」黒澤が訊ねると、柿本は、「さあ」とあっさりと言った。「知らねえけど、まあ、前より景気が良くなったんじゃねえの、世の中の。そうじゃなかったら、陽一郎が何か悪さして稼いでるのかもしれねえけどな」

「あんた、勝手なことを言うもんじゃないって。わたしたちみたいな人間は想像するしかないですけど、みんなを取りまとめるのって、本当に大変だと思いますよ」

「なるほど」黒澤は、花江が何を言うのか興味を抱いた。

「ああいう偉い人って、先を見て、覚悟して、決めないといけないじゃないですか。

自分を犠牲にして。何かあったら責任も取って」

「いまどきそんな奴がいるかよ」柿本が一蹴《いっしゅう》する。「陽一郎のあの冷たさは全部、自分のためじゃねえか、保身だよ保身。村長に限らず、政治家はみんなそうだ。たとえばよ、おまえが死ねば国民が幸せになるぞ、って保証された時にな、実際、死ねる政治家がどれくらいいるんだよ」

「あんた、乱暴な」

「地元のプロ野球チームの、あの監督を見ろよ。シーズン中だってのに、若い女を自分の宿泊所に呼んだり、やりたい放題じゃねえか。トップの奴なんて、そんなもんだよ。身勝手なんだよ」

黒澤は実際、以前、別の調査をしている最中に、そのプロ野球チームの監督が、自分の宿泊先に女をいそいそと連れ込んでいる場面を目撃したことがあったので、強くうなずいてしまう。

茶を一口飲み、室内を見渡した。年季の入った箪笥《たんす》が並んでいる。畳の上には兎《うさぎ》の彫り物が置かれ、帽子やバッグが転がっていた。襖《ふすま》の上にはいくつか、額縁入りの表彰状が並ぶ。てっきり、柿本の作った工芸品や彫刻が賞でも取ったのかと思ったが、よく見ると、「遭難者救助」による感謝状のようだった。

天井で、足音のようなものが聞こえた。黒澤はその方向をじっと睨《にら》み、柿本に顔を向ける。

「上に誰かいるのか？」

「ああ、あれは猫だ猫」柿本はあっけらかんとしたものだった。「まったくな、猫と泥棒ってのは、抜け目ねえよ。ちょっとした隙《すき》をついて、勝手に入ってくる。小癪《こしゃく》なくらい、素早いしな」

「そうだな」黒澤は、俺も泥棒だが確かに小癪なくらいに素早いな、と言いたくなる。

「で、何の話をしてたっけな。そうだそうだ、とにかくな、陽一郎が、こもり様の時期を決めるんだ」

「時期を？　どうやって」

「さあな。決まったやり方があるんだろ。占いみたいなもんだろうな。代々伝わる、決め事じゃねえのか。でもって、こもり様をやるとなれば、集落に案内が回るわけだ」

「こもり様は、この集落だけの習慣なのか」

「そうだな。昔で言うところの、村だ。でな」柿本が手を叩く。「今まさに、周造が、こもり様をやってるってわけだよ。今回は長くて、もう一週間も前からやってる。もしそうじゃなければ周造に会わせてやったんだけどな。なあ、おまえ、周造ならきっと熱心に、相談に乗ってくれたよなあ」

「そうですね」と花江もこれは素直にうなずいた。「周造さんは、そりゃ親身ですから」と視線を動かした。周造のこもっている岩壁の方角を見たようでもあった。

5

「こもり様の時は、基本的にあの山に近づいちゃならねえんだ」柿本はまだ、講釈をつづけた。

「そう言っているあんたは、山にいたじゃないか」黒澤が指摘をすると彼は、いやあ、と片眉《かたまゆ》を下げた。「どうせ、俺は仲間に入れてもらってねえからな、どうでもいいんだ」

「そういう捻《ひね》くれたことを言っていると、来年になっても、こもり様からは仲間外れですよ」花江が茶化すと、柿本は真顔になり、「それは嫌だな」と怯《おび》えた。「さっき山にいたのは、彫刻用の木を探しに行っただけなんだ。それだけなんだ。頼むから、内緒にしてくれ」と黒澤に手を合わせてくる。

「山には近づいてはいけないことになっているわけか」

「俺が思うには、昔、本当に生贄《いけにえ》儀式をやっていた時の決まりなんだろうな。だってよ、山に近づくと、声が聞こえるかもしれねえじゃねえか」

「声?」

「閉じ込められた生贄が大人しく、死んでいくとは思えねえだろ? 猿轡《さるぐつわ》とかされたかもしれねえけど、それでも声とか音は聞こえそうじゃねえか」柿本がさすがに顔をゆがめる。「だから、村の奴《やつ》らは、洞窟《どうくつ》には近づかないように決めたんじゃねえかと思うんだ。見ぬふり、聞かぬふりだ。ってわけで、こもり様の間は外出は厳禁になったわけだ」

「なるほど」

「風習ってのはそういうもんじゃねえか。何かを隠すために、それらしい理屈をこじつけるってわけだ」

「何かっていうのは何だ?」

「恐怖とか罪悪感とかよ、あとは欲望とかよ。そういうのだよ。そういうのをごまかすために、風習とか言い伝えとかができるんだろ」

「なるほど」黒澤は、柿本にそういった考えが浮かぶとは思えなかったので、感心した。

「俺はよ、ツチノコってのも似たようなものだと思うんだよな」

「あの、幻の動物か」

「そう、あれだよ、蛇みてえな。あの絵を見るとよ、いつも思うんだけど、見た目ってのは、男のあそこに似てるじゃねえか」

黒澤はツチノコの姿を思い出し、それから、確かに男性器に似ていなくもない、と感じる。

「昔どこかの偉い男が夜中に、あそこを出して、子供に見られるとかしちまったんじゃねえかな。女を抱こうとしていたのか、子供に悪戯《いたずら》しようとしたのか分からねえけどよ、都合が悪い時に見られたんだ。でもって、翌朝、子供が、あれは何だったんだ、と訊《き》いてくるじゃねえか」

「で、ツチノコをでっち上げたというわけか」

「そうそう」柿本が子供のように大きく笑う。「家の中じゃなくて、草むらで見られたのかもしれねえな。『ああ、君が見たのはツチノコだ』とか言いくるめたんだ。子供はそれを友達に喋《しゃべ》って、それがずっと広がって、いるわけのないツチノコがいることになっちまったわけだ」

「なるほど」黒澤はその推測は的外れだろう、とは思ったが、不都合なことを別のことでカモフラージュする、という手法はありえると感じた。特に、性であったり、死であったり、そういった事柄は隠蔽《いんぺい》されやすい。

以前、黒澤が人を捜す仕事で訪れた村では、ある周期で、女性たちが頭を丸める風習があった。収穫の祈願であるとか、仏への祈禱《きとう》であるとか説明はされていたが、あれはもともとは、定期的にやってくる行商に、女性が寝取られないための工夫だったのではないか、と黒澤は見当をつけていた。

6

喋《しゃべ》っているうちに日が暮れていった。家の中に夕日が射《さ》し込んでくる。窓の数が多いのかもしれない。黒澤がそう感じているうちに、外がどんどん暗くなる。

「今日はもう車は動かせねえな、こりゃ」と柿本が言った。「こうなったら今日は、うちに泊まっていけばいいさ」

断わろうとするが、花江にも、「ちょうど焼き魚も三匹あるんですよ。どうですか」と提案され、結局、甘えることにした。近くに宿泊施設があるとも思えず、ありがたい申し出ではあったが、それ以上に、柿本と花江からもう少しこの村についての情報が得られるのではないだろうか、という期待もあった。

「周造は洞窟《どうくつ》にこもってるからな。数日間は出てこねえよ」夕飯の食卓で、柿本はまたその話題を口にした。

「こもっている間、飯は誰が運んでいるんだ？　用意様と言っていたが、それは周造の家族がやっているのか？」黒澤は目の前の焼き魚の身を箸《はし》でほぐし、訊《たず》ねる。秋刀《さん》魚《ま》にしては太く、皮の色の青さが足りない気もするが、味は、脂《あぶら》の乗った秋刀魚そのものだった。

「周造は独身だからなあ」

「そうなのか」結婚しているのだろう、と勝手に想像していた。

「何でもよ、昔、恋人と死に別れたとかで、それ以来、独り身を通してるんだと」

「そんなことがあるのか」

「あったんだよ」柿本の笑い方は、野次馬の無責任さをともなっていた。「まあ、そういう一途《いちず》なところも、好感が持てるだろ。中学生とか高校生じゃねえんだから。でも、周造ってのはそういう奴《やつ》なんだよ」

一途と言うよりも、少し極端ではないか、と黒澤は思ったが、言わなかった。饒舌《じょうぜつ》な柿本を、花江がはらはらしながら眺めているのが分かる。

「で、あれだ、隣の婆《ばあ》さんが、周造に食事を運んでるんだよ。もう九十を越えた、唄《うた》子《こ》っつう婆さんだな。周造の当たり運が強いばっかりに、あの婆さん、用意様をやることが多くて、ぼける暇もねえんだと」

「当たり運？」

「いやな、俺はさっぱり気にしなかったんだけどよ」柿本はそこで、花江に目をやる。「こいつが気づいてさ。周造がこもり様になることが多い、ってそう言うんだよな。歌うさっき言ったみてえに、数珠《じゆず》を使って決めてるはずだから、たまたまなんだろ。回数もサイコロで決めてるしな。周造の座る場所がよくよく当たるってわけだ」

「でも、あなた、それにしても周造さんばかりだと思いませんか？」言い方はやんわりとしていたが、花江は口に出さずにはいられない様子だった。手に持っていた椀《わん》を食卓へ置く。

「こいつは、本当に面白いことを考えるんだよな。陽一郎がわざと周造をこもり様にしているって言うんだ」

「そういう意味じゃないんですよ」花江が慌《あわ》てて、箸を持った手を振った。その仕草には、十代の女性のような可愛らしさもあった。「ただ、自然じゃない気がするんです」

「それほど、その、周造がこもり様になることが多いのか」訊ねながらも一方で、どうして俺はこんな話に首を突っ込んでいるのだ、と可笑《おか》しく感じた。これは、明らかに仕事ではない。

「いや、多いと言っても」花江は急に弱気の声を出し、指を折る。「わたしたちが来てからこの九年で、二回は周造さんがやっているんですよ。今回を入れて三回目で」

「こもり様が大体、一年に一回とか二年に一回で、六、七回はやってるから、まあ、そのうちの三回ってのは、多いほうだ」

ぴんとは来なかったが、確かに、七回中三回とは、黒澤にも多く感じられた。「それを陽一郎がわざとやっているというのか」花江を窺《うかが》う。「何のために」

「理由なんてねえさ」と言ったのは、柿本だ。口の中の米粒が飛んだ。「犬猿の仲っつうか、水と油っつうか、そういうのってあるじゃねえか。そいつの息の仕方も気に食わない。そういうもんだ。陽一郎も周造も同い年で昔は仲も良かったらしいがな、いつの間にか、会話もなくなって、今じゃ、目も合わせねえよ。仲が悪いんだ」

「そうなのか」黒澤は、花江に確認する。

「ええ」と花江が寂しげに答えた。

「まあ、家柄の違いってのが一番だろ」柿本は訳知り顔だった。「村の長《おさ》の長男と、大工の息子じゃあ、格が違う」

「この二十一世紀に、身分の違いか」

「どこにだって、いつだってあるさ、そんなのは。あの盤家ってのは、厳しいらしいぜ。子供の頃から、勉強させられるんだと。集落の、村の長として必要な学問をな、詰め込まれるんだ」

村長となるための帝王学、とは黒澤にもぴんと来なかったが、小さいコミュニティを維持するためには、何らかの教養や技術が必要なのかもしれない。

「まあ、陽一郎には子供がいねえから、もうあれで終わりだろうけど」

「陽一郎も独身なのか?」

「昔、結婚していたらしいんだが、かみさんが病気で亡《な》くなったんだ。子供もいねえから、盤家の歴史も途絶えるんだろうな。その後は、誰が引き継ぐのか、みんな大っぴらに口には出さないが、気にはしている」柿本は面倒臭そうに言った。

食事がひと通り終わった後、柿本が、「久しぶりの来客だからな」と日本酒を引っ張り出してきた。だらだらと飲んでいると、しばらくして、柿本が立ち上がった。どうしたのか、と見る。彼は子供のように目を擦《こす》り、「寝る」とぶっきらぼうに言った。

柱に架かる時計を見ると、まだ、夜の八時前だ。今時、小学生でも寝ない時間だった。

「もう寝るのか」

「眠くなんかねえよ」と答える柿本はすでに、半分瞼《まぶた》が塞《ふさ》がっている。よろよろと、部屋を出ていった。

「すみませんねえ」花江が苦笑した。「あの人、いつもああなんです」

「いや、構わない」黒澤は答える。そして単刀直入に、「陽一郎というのは、周囲から嫌われているのか？」と訊ねた。

「どうなんでしょう」花江が困惑気味に首をひねる。「まあ、厳しい感じの人ですからね」

「周造という男とは、どうしてそんなに不仲なんだ？」

「わたしも本当のことはよく分からないんですが」花江は瞼を閉じ、少し寂しげになる。「ただ、聞いた話によれば」

あまり喋りたくないのか、言葉は途切れ途切れとなった。

「聞いた話を教えてくれ」

「昔、高校生くらいの時ですかね、周造さんには交際している女性がいたらしくて」

「さっき、柿本が言っていた、死に別れたという女か」

「山形かどこかの女性、と聞きました。その方、自殺されたとか」

「大変だな」と応じたものの、黒澤にはその大変さが想像できない。

「それがどうかしたのか？」

「口さがない人の話だから本当かどうか分からないんですけど、ただ、その方はどうやら、男の人に襲われたらしくて、それで、ショックで、ということのようです」

「なるほど」

「で、何でもそれが、陽一郎さんがやらせたという噂《うわさ》みたいなんですよ」苦い果実を齧《かじ》ってしまったかのように、花江は嫌な顔をする。

「陽一郎が襲ったということか」

「いえ、誰か、別の男の人に頼んだ、とか」

「証拠はあるのか」

「何もないようなんですが、ただ、周造さん自身はそうだと疑っているらしくて」

「もし本当だったら、口も利《き》きたくない気持ちは分かるが、ただ、陽一郎がわざわざ、周造の恋人を傷つける理由は何だったんだ」

「何だったんでしょうね」花江は首を傾《かし》げる。当時、村にいたわけでもない彼女がその理由を知るはずがなかった。「うちの人なんかは、周造さんのほうが、陽一郎さんよりも人望があって、妬《ねた》んだからだ、とか言ってますけど」

「ありえなくはないだろうな」十代の頃の陽一郎が、どういう感情を抱き、どんな行動を取ったのか、見当もつかない。さらに、妬みや逆恨みが絡《から》んでくれば、ますます、他人には予想がつかない。

「村の人に聞くと、子供の頃は、本当に仲が良かったそうですよ。同じくらいの年齢の子っていなかったでしょうから、兄弟のようだったたって。寂しいものですね」花江は遠くを見やるようだった。「その三十年の仲違《なかたが》いのために、三十年以上も喋ってないんですよ」

「その三十年の仲違いのために、陽一郎は嫌がらせで、こもり様を周造にやらせている。そういうことなのか」

「考えすぎかもしれませんが」花江が弱々しく笑った。表情には、うっすらと暗い翳《かげ》も差していて、まだ胸のうちにつかえがあるのが見て取れた。

黒澤はさらに質問を重ねようと思ったが、果たして無理に聞き出す必要があるのだろうか、と疑問にも感じる。そもそも黒澤の目的は、山田の居場所を見つけ出すことで、小さな村の人間関係ではなかった。もし、花江の胸のうちに何かが隠されているとして、だからどうしたというのだ。そう思った。

7

翌朝、黒澤は八時に目を覚まし、集落の住人に聞き込みを行うことにした。一番奥に住む唄子という女は、瓦屋根《かわらやね》の平屋に、九十歳を過ぎても一人で生活をしているらしかった。

「九十歳になんてまるで見えないですよ、背筋はしゃんとしているし、この間、地震があった時なんて、村の誰よりも早く外に飛び出して、リュックサックを抱えて、村の出口に立っていたんですから」と朝、花江から説明を受けた時には、脚色された挿話のようなものだと思っていた。けれど、唄子本人と対面すると、あながちそれも大《おお》袈裟《げさ》な話ではないかもしれない、と黒澤にも分かった。九十歳の年をまるで感じさせない、しっかりとした立ち姿だった。

「あらあら、珍しく誰がやってきたのかと思ったっけ、ずいぶんと恰好《かっこう》いい男だっちゃ」顔には皺《しわ》が多く、肌の艶《つや》のようなものはなかったが、表情は若々しい。歯並びも良く、一つも欠けていない。「誰か、知らない男が村さ来たど、隣の家で聞いたげっど、それがあんたすか」

「情報が早いな」黒澤は苦笑する。

「こんな端っこの村まで泥棒に来るとは、はあ、物好きなもんだ。ご苦労な」

「え」黒澤はさすがに驚き、訊《き》き返した。どうして俺が泥棒だと知っているのだ、と危うく問いただしそうになった。

「違うのすか。てっきり泥棒だと思ったさあ」

「泥棒が玄関から、挨拶《あいさつ》して入ってくるか？」どうやら単なる思い付きで口にしたらしいが、その勘の鋭さに驚嘆した。「話を聞かせてもらいたかったんだ。人を捜している」とポケットから写真を取り出して、唄子に見せた。

「どれどれ」と彼女は目を近づける。背が低い。頭髪がかなり薄くなっているのが、見下ろせる。「誰だべ、これ」

「山田という男なんだが。このあたりで見なかったか」

「さあねえ。わたしは見てないねえ。あんた、それだけのためにこの村に来たのすか」

「昨日は、柿本の家に泊めてもらったんだが」

「あの、変わり者のところにすか」

「変わり者か」

「好き好んで、こんな村さやってくることがもう、変わり者だべな」

「彼は、村の仲間に入れてもらえない、と嘆いていたが」

唄子がくっくっと歯の隙間《すきま》から笑い声を洩《も》らす。「そいづはまず、考えすぎだよお。みんなそんなこと思ってないよわ。だいたい、村の仲間になったっていいことなんて何もない。ほれ、隣の芝は青いってやつだっちゃ」話しはじめると舌が次第に滑らかになるのか、唄子の話は途切れなくつづくように感じられた。

「こもり様の話を聞いたんだが」

「はあ、聞いたの。妙な風習と思うべ。ちょうどいい、わたしこれから、こもり様のところへ行くが、あんたも来るすか」

「あの山にか？」

「聞いたか分からねげっど、今回のこもり様はわたしが飯を運ぶことになってて、これから朝の分を持っていくんだっちゃ。何なら、一緒に来ればいい。滅多に行けるもんでねえぞ」

「行っていいのか？　こもり様の時は、山には立ち入り禁止だと聞いたぞ」黒澤は、柿本の言葉を思い出していた。

「別に構わないっちゃ。わたしが勝手に連れて行ったことにすりゃ、いい。こんな年寄りのやることは、たいがい、許してくれるすぺ」言いながらも彼女は、黒澤に背中を向け、奥へと戻っていった。

すぐに透明の容器を持って、再び出てくる。料理が詰まっているようだ。

「さあ、行くべか」

唄子は、うっかりしていると黒澤が取り残されるくらいの健脚だった。

「あんた、こもり様のことばどう思ったのっしゃ。ああいう妙なのはやっぱり、よそから来たあんたから見ても変なんだべか」

「まあ」と曖昧《あいまい》に返事をする。「確かに、新鮮だ」

「『まあ、確かに、新鮮だ』」唄子が、黒澤の喋《しゃべ》り方を真似《まね》た。「あんた恰好いいねえ。落ち着いた喋り方してさあ。人気あるんべねえ。いくら泥棒って言ってもさあ」

「俺は泥棒ではない」黒澤は動揺を悟られないように気を配る。

「いやね、周造がね、よく言ったんだっちゃ。『泥棒は、泥棒の恰好をしていない』って。悪い男は、大抵、身だしなみをきっちりしてやってくるってさ。汚い恰好した奴《やつ》ってのは、まあ、高が知れてるってわけ。だからあんたみたいに、見た目がいいのは、泥棒か何かかと思ったんだいっちゃ」

「それはあれだな、悪魔の声は美しい、ってやつか」

「周造が言うには、たぶん戦争はじめる前の日本もそうだったって言うんださあ。『戦争はじめますよ』って言ったら誰だって、わたしだって反対したよわ、それがいつの間にか戦争になってたすぺ。最初は何か、綺麗事《きれいごと》ば言ってさ、みんなを巻き込んでいくわけさ。危ないから戦いましょう、だとか、このまま黙っていたら沽券《こけん》にかかわりますよ、だとかさ。やる気にさせるんだっちゃ。まあ、そりゃ、そうだ」

地獄への道は綺麗に飾られている、という諺《ことわざ》を黒澤は思い出す。「周造という男は、人望が厚いようだな」

「そうだねえ、独り身で、もう五十くらいだげっとも、穏やかで優しい男だよ。愛想はあるしね」

「陽一郎という男とは仲が悪いのか？」

「そんなことまで、柿本さんは言ったのすか。でも、本当だっちゃ」

「陽一郎の評判はどうなんだ」

「まあ、上に立つ人間ってのはいろいろ言われるもんださ。舐《な》められたら終わりだしね。でもまあ、陽一郎さんは無愛想だっちゃ」周造とは正反対だ、と彼女は続ける。

車道を通り過ぎる人も車もなかったので、道の真ん中を、二人で横に並んで歩いた。空には、煙が漂うかのように白い雲が浮かんでいたが、それ以外は透明感のある青色で埋まっていた。長閑《のどか》だな、と黒澤は感じ入る。靴が地面を叩《たた》く音が、軽快に響く。それ以外に余計な音はしない。この爽快《そうかい》な晴天の下を、自分よりも五十年以上も長く生きている女性とともに、ゆっくりと歩いていることが、とてつもなく贅沢《ぜいたく》なことに感じられた。と言うよりも、この女は本当に九十歳なのか？

「ほんで、あんたどう思う」数十メートル進んだところで、唄子が訊《たず》ねてきた。「こもり様についてよ。どう思う」

つい先ほども同じような質問をしてきたではないか、と黒澤は答えようとしたが、今回の場合は、彼女自身に言いたいことがあるような、そのための誘い出しのような印象を受けた。「あんたはどう思うんだ」

「実はねえ、わたしは考えるところがあってねえ」彼女が喋りはじめた。「一番最初に、こもり様をやった時は、いろいろ企《たくら》みがあったんでないべかと思うんだよ」

彼女の声は大きくはなかったが、引き締まっていて、聞き取りやすかった。しかも、時折つかえるとは言え、言葉が淀《よど》みなく出てくる。「あんた、本当に九十歳か」

「いや」と彼女が返事をした。

「やっぱり、そうか」

「九十でないよ。九十二歳だ」

「ああ」黒澤は一瞬、言葉に詰まる。少ししてから、「だと思ったよ」と言い返す。

8

来る時には気づかなかったが、道は緩やかに湾曲しているらしく、直線上にあるかと思っていた山は、右手前方に見えた。その近くに岩壁が見える。「越えれば山形県だ」と言われても、簡単に登る気にはなれないほどの険しさだ。

「最初はさ、こもり様っつうのは、その頃の村長の企《たくら》みだった気がするんだっちゃ」唄子はもう一度、そう言った。

企み？　黒澤は首を傾げる。「村長がこもり様の夢を見たんだと、俺はそう聞いたが」

「そうそう都合よく、夢なんて見ると思うすか、あんた」

言われてみれば確かにそうだ、とも思う。

「わたしは、物事には裏があると思う性分なんだよねえ。だから、そういうのも疑うんだっちゃ。生贄《いけにえ》を差し出して、山賊が消える、なんて嘘《うそ》っぽいべさ」

「でも、実際にそうだったんだろ」

「わたしはね、こう考えたんだよ。あの生贄は、村長が最初から選んでいたんでないべか」

「女をか」

「たぶんその女はほれ、村長の浮気相手だとか、そういう都合が悪い奴《やっ》だったんでないの」

これは穏やかじゃない話だな、と黒澤も興味を持つ。

「で、その口を封じるために、こもり様にしてしまえ、ほら、そう考えたんでないすか」

「殺そうとしたのか」

「最初はそこまで考えなかったかもしれないげっとも、山賊とは取り引きをしたはずだ。女ば差し出すから、うちの村には手を出さないでくれ、とか、そういう取り引きとか裏側のやり取りならありそうだすぺ」

「女を差し出す」黒澤は言いながら、その言葉に、リアリティを伴った不快な歯ごたえを感じた。

「そうそう。山の洞窟《どうくつ》に女を閉じ込めてあります。好きにしてよろしいので、そのかわりにもう悪さは控えてくださいな、なんてさ、嫌だけどありそうだべ、な」

「嫌だけどありそうだ」黒澤も認める。「こもり様の洞窟は、岩で塞《ふさ》ぐんだろ？　山賊はどこから入る？」

「そんなんはどうにでもなるさ。村長自身が入り口を開けたっていいし、もしかすると、洞窟には抜け穴があるのかもしれない。これは昔からよく言われていることなんだげっどね」

「抜け穴か」

「二十年くらい前にね、文吉事件ってのがあって、その時に、抜け道があるんじゃないかって噂《うわさ》になったわけさ。でもまあ、わたしも何度か、こもり様をやったことがあるげっども、抜け穴を探すって言ったって、暗くてそれどころじゃないんだっちゃ」

文吉事件、という単語が耳に残り、それについても気になるが、けれどまずは、「こもり様になるというのは、どういう気分なんだ」と質問した。

「楽しくはないさあ。暗いし、洞窟の奥が便所になってるからねえ、臭《にお》いが酷《ひど》いし。あんな場所で抜け穴を探す気にもなれない」

「で、結局、女は洞窟の中で、山賊に襲われて死んだ。あんたはそう考えているのか？」

「んだねえ。自分から死んだのかもしれないし、何かあったのかは知らないげっども。

でも、とにかく、村のみんなはこもり様のおかげだと思ったんだっちゃね」

黒澤は、山の岩壁、その洞窟に押し込まれる女の姿を想像した。女もはじめは、真の儀式だと信じていたのかもしれない。洞窟に入り、足を震わせながら、しゃがみ込む。岩で入り口を塞がれる音を、どのような思いで聞いたのだろう。光が閉ざされ、周囲の壁や自らの肌に、黒々とした闇《やみ》が染《し》みてくるのを、茫然《ぼうぜん》と眺めていたのだろうか。

それが村長の企みだといつ気づいたのか。

それが復讐《ふくしゅう》であったのか、嫉妬《しっと》であったのか、揉《も》み消しであったのか分からないが、とにかく意図的に自分が選ばれたのだと、彼女はいつ気づいたのか。

朝も夜も分からず、空腹に混乱しながら、彼女は何を考えていたのか。ある時入り口が開いたかと思うと、山賊たちが現われた。彼女はその瞬間、何を覚えたのか。深い絶望だったのか、怒りだったのか。分かるわけがないな、と黒澤は考えるのと同時に、だからどうしたというのだ、とも思った。

「あと少しだよ」と唄子が言う。

山の入り口に到着するところだった。道幅が半分程度になり、アスファルトから、踏み均《なら》された土に変わる。黒澤は右手に岩壁を見つけ、そちらへ足を向けた。

「ただ、その後もこもり様は効果があったんだろ?」黒澤は浮かんだ疑問を、ぶつける。「山賊の時のように、村長が操作をしたとも思えないが」

「たぶん、盤家の人間ってのは頭がいいんだべね。わたしはさ、陽一郎とその父親の紘一郎とね、その父親と、さらにその父親、四人、盤家のお坊ちゃんを知ってるけどねえ、みんな賢いよ。そりゃね、おっかない性格だったり、お人好《ひとよ》しだったり、それぞれいろいろだけど、みんな、賢いのは共通だ。あそこの人間はさ、たぶん、お天気の変わる兆《きざ》しだとか、熊《くま》の現われる前触れだとか、そういうのを前もって知る知識があったんでないのかねえ」

「勘じゃなくて、知識か」

「だから、そろそろ兆しがあるって時に、こもり様を言い出すわけさ。そうすりゃ、いかにもこもり様のおかげってことになるべ」

黒澤はまじまじと、唄子を眺める。小学生に見間違えるほどの小柄な身体《からだ》で、手の甲や首筋に皺《しわ》が走っているが、動きは溌剌《はつらつ》とし、考えも鋭い。「九十歳の慧眼《けいがん》か」と思わず、呟《つぶや》いた。

「だから、九十じゃなくて九十二だって言ってるべ。この二年だって、充分大事だったんだから、飛ばさないでほしいんだよねえ」彼女が笑う。

「あんたの考えを村の人間には話してみたのか？」それは、村長計画説と名づけても
いいかもしれないが、なかなかの説得力を持つように感じられた。

「誰にも言わねよ、そんなことは」馬鹿《ばか》を言うな、と唄子が笑った。「昔、うちの人に話したことがあったんだけどねえ。死んだ旦那《だんな》だ。まず、うんと怒られたんだっちゃ、わたし。馬鹿なこと言うもんでねえってさ。村のこと悪く言うなって」

果たしてこの老婆《ろうば》は若い頃にはどんな女だったのか、と黒澤は思い巡らしたくなったが、けれど、何十年も遡《さかのぼ》った姿はどうにも思い描くことができなかった。「そう言えば、さっきの事件というのは何だ？」

「文吉事件すか？　あれは妙な事件だったよわ。だいたいねえ、こんな村に事件なんてあるわけないんだからさ。それが、わたしがちょうど古稀《こき》か何かの頃だったかね、あったわけさ」

「文吉というのは、人の名前か」

「四十くらいだったべか。真面目《まじめ》に働かねえくせに、色気だけは人並み以上の嫌らしい男でさ。そいつが死んだのさ」

「事件というくらいだから、妙な死に方だったわけか」

「んだんだ。ちょうど文吉さんがこもり様だったのさ。洞窟で死んでたんだよねえ」

「その頃はまだ、本当に生贄だったのか？」

「まさか。飯だって運んでたべし、こもり様で人が死ぬことなんてとんとなくなっていたわけさ。それが、文吉が死んで、大騒ぎさ。しかも、おかしなもんで、文吉の奴、洞窟で死んだくせに、どっからか落ちて死んだみたいでね」

「落ちた？」

「崖《がけ》から落ちたっていうか、はあ。骨が折れていたんだと。洞窟で転がったってそんなことならねえし、みんな不思議がって。なして、こもっていたのに、そんなことになってんだって」

　黒澤は暗闇に目を凝らすかのように、目を細める。洞窟内で落下死とはどういうことだ。

「陽一郎と周造という男は、本当に仲が悪いのか」ともう一度訊《たず》ねた。

「何だか分からねえけど」唄子はやはり、否定しなかった。そして、昔は二人とも本当に仲が良く、日がな一日、キャッチボールをしていたのだ、と言った。いつも二人一緒で、学校のマラソン大会で並んでゴールすることもあれば、上級生との喧嘩《けんか》に二人で立ち向かったこともあった、と微笑《ほほえ》ましそうに話す。

「周造と交際していた女が死んだ。それが、仲違《なかたが》いの原因と聞いたが」

どうだろうね、と唄子は曖昧《あいまい》に返事をした。噂《うわさ》というのは本当に、どこまで正しいか分からない、と嘆いた。ただ、そういった噂があったのは事実らしい。

深刻そうに眉《まゆ》を寄せた唄子は、そこで離れた場所に目を向けると、少し驚いたように口を開いた。「ああ、陽一郎、どうしたのっしゃ、こんなところで」

9

村長の陽一郎も、よそ者の黒澤が柿本の家に宿泊した、という噂をすでに耳にしていたようで、黒澤の姿を見ても、「突然の訪問者!」と戸惑う様子はなかった。怒る風でもない。じろじろと眺め、「ここまで何をしにきた?」と訊《き》いてきた。

「車がああなってしまった」と黒澤は、左手前方を指差した。昨日と同様、レンタカーは左側を下にして、傾いている。同情を誘うには十分な、大胆な傾き方だ。「帰れなくて困っている」

なるほど、という表情で、陽一郎が顎《あご》を引いた。「私が手伝おう」と低い声を出した。五十代にしては若く見え、精悍《せいかん》な印象があった。

「わたしはそんじゃあ、飯を渡してくるっちゃ」と隣の唄子が歩きはじめた。すると陽一郎が、「いや、近づかないほうがいい」と素早く、呼び止めた。「洞窟《どうくつ》の穴が少し欠けているんだ。不用意に手を入れると、怪我《けが》をする」

「でも、飯を渡さないわけにもいかないすぺ」唄子が、料理を詰めた容器を前に出した。

「私が預かる。後で、差し入れておこう」

唄子は釈然としないような、物足りないような、不快感を浮かべたが、最終的には、「ほんだねえ。じゃあ頼むかな」と容器を渡した。「あんたも帰るすか」と彼女が声をかけてきた。

「俺は車を動かす」

唄子が去っていくのを見送っていると、「では、車を移動させるとするか」と抑揚のない、冷たい手で首筋を撫《な》でてくるような声で、陽一郎が言った。

陽一郎は肩幅はなく、瘦身《そうしん》に見えたが、実際には筋力があるようだった。セダンの底に手をやる姿は安定して見える。柿本とは違い、陽一郎は惜しげもなく力を貸してくれた。ただ、さすがに車体を持ち上げることはできなかったため、黒澤と二人で、草むら側へ車体を引っ張ることにした。

せえの、の合図で力を込めて引っ張ると、車が手前に引き摺《ず》られ、ずずっ、ずずっ、と土が崩れると同時に、傾きが直った。草むらに、四輪をつけている。

黒澤は運転席に乗り込み、エンジンをかける。草むらを走らせ、強引に砂利道に乗り上げた。切り返し、バックさせ、出口に向けた恰好《かっこう》で停車した。そして、運転席から降り、陽一郎に礼を言う。

「人を捜しに来たんだが」と黒澤は写真を差し出した。

相手の顔を見つめる。人を観察するのは、黒澤の得意な分野だった。空き巣というものは、狙《ねら》うべき相手の生活を把握し、行動の形式を理解する必要がある。もちろん、そういった段取りや手順を抜きにして、突貫工事さながらに泥棒を働く者もいたが、黒澤には違和感があった。

陽一郎は面を被《かぶ》ったかのように無表情だった。一重瞼《ひとえまぶた》で、唇は薄く横長、色白の肌をしている。眉《まゆ》がくっきりとしているが、貼《は》りついたように動かない。写真を見た時に、陽一郎の目が一瞬揺れた。

「知っている男か?」

「いや、見ない顔だ」

「今、目が泳いだが」こういう相手には、手持ちの札を、もったいぶらずに見せていくべきだ、と黒澤は判断した。

「この写真の男は」陽一郎に動じた様子はない。

「山田だ」

「この山田氏は見るからに、柄が悪いではないか。平穏な世渡りをしている人相じゃない」と写真を指した。「こういうのが、うちの村にいるとしたら困る。動揺したとしたら、その心配のせいだろう」と言い訳とも本心ともつかない言い方をする。「君の名前は」

「黒澤」

「黒澤さん、用が済んだら帰ったほうがいい。うちの村は退屈だろう」

「洞窟が見たいんだが」

「誰かに聞いたのか?」陽一郎がはじめて表情を動かした。嫌悪《けんお》感《かん》と苦々しさが、のっぺりとした顔を崩した。「田舎の村の、未開の土地の風習。そう思うか?」

「悪くない風習だ」黒澤は肩をすくめる。世代を跨《また》いで伝達される慣習が存在しているのは、決してマイナスではないと思えた。今の日本では、代々受け継がれていく思想はほとんどない。思想や常識ですら使い捨てで、知恵や知識を蓄積しようという意識が低い。「今、閉じ込められているのは、周造という男なんだろ」

「閉じ込められているんではない。こもっているんだ」強調する言い方だった。

黒澤は話を変えてみる。「文吉事件というのは、本当にあったのか？」

陽一郎は、住人たちの口の軽さに呆《あき》れる素振りを見せた。「あれはもう、でたらめの噂話もいいところだ」

「事実ではないのか」

「こもり様の文吉さんが死んでいた。事実と呼べるのは、それだけだ。たぶん、心臓の発作か何かだろう。それに誰かが尾ひれをつけて、噂話になった。伝わっていくうちに、大袈裟《おおげさ》になるのは、噂話の常だ。まあ、面白半分なのか、責任逃れなのか」

「責任逃れ？」

「周造だ」陽一郎の口からその名前が出た。「あの時の用意様は周造だった。ちなみに用意様というのは」

「食事を運ぶ役なんだろ」

「それだけではない。こもり様の体調に気を配る必要もある。本当に死んだりしたら、大変なことだからな。それなのに周造はだ、文吉に異変があったことに気づかなかった」

「だから、洞窟内なのに落下死した、と言って回ったと言うのか？ 何のために」

「自分の責任とは無関係の、突飛な出来事にしたかったのかもしれない。実際、文吉のことは不可思議な事件として語られるだけで、周造は責められなかった」

「それは、不可解な落下死のせいというよりは、周造の人柄のせいじゃないのか」

「人柄ねえ」と言う陽一郎の顔はあまり品があるものには見えなかった。

「こもり様の洞窟には近づけないのか？」黒澤はもう一度、頼んでみた。

「遠慮してもらえると助かる」陽一郎はきっぱりと言い切った。部外者に対する行儀に構うつもりもないらしい。「小さい村には小さい村なりの宇宙がある。それを壊さないでほしいんだが」

「分かった」自分でも意外なほどあっさりと、黒澤はそう返事をしていた。もちろん、諦《あきら》めたわけではない。ただ、陽一郎の口にした、「宇宙がある」という説明は新鮮で、そうか、どこにでも宇宙はあるのだ、と思うことができ、だから反抗や抗弁はしないことにした。車に乗る。

「乗っていくか？」と陽一郎を誘うと彼は一瞬悩み、その後で、助手席に乗り込んできた。

　集落の入り口で車を停め、陽一郎を下ろす。

「こもり様ではない時に来てくれれば、少しは相手ができる」と彼は言い残した。

「一つ訊きたいんだが」黒澤は窓から顔を出し、陽一郎の背中に言う。

　一つも何もさっきから訊いているではないか、と彼があからさまに嫌な顔をする。

「どうして、周造と仲が悪いんだ」

　陽一郎は無表情でしばらく、黙っていた。口を開いたかと思うと、ぶっきらぼうに、

「お互いがお互いを信頼していないからじゃないか」と言った。

「子供の頃は兄弟のようだったんだろ」

「子供の頃は何も考えていないからな」

「そうか」

　黒澤は車を発進させる。

　温泉街に通じる方向へ車を走らせた。そして、百メートルほど行ったところで、路肩に寄せた。左手の、常緑樹が立つ小さな森のようになっているところに車を侵入させると、停車し、降りた。周囲に人がいないことを確認する。そしてまた、小暮村へと歩きはじめた。

「おいおいあの村に戻るのか？」頭の中で、自問してくる声がある。「どうしてわざわざ」と。

「さっき見ただろうが」黒澤は自分自身へ答えた。「陽一郎は、唄子から受け取った容器を持っていなかった」

車の傾きを直す時、陽一郎の手には、あの唄子から受け取った容器がなかった。しかも、それを洞窟に運ぼうともせずに、黒澤の車に乗った。おそらくは、食事が入っているはずのあの容器は捨てたに違いない。

「陽一郎はなぜそんなことをした？　どうしてこもり様の食事を捨てたんだ？」黒澤は頭の中で疑問が湧《わ》くのを感じている。

「俺の仕事は山田を捜すことで、あの村のことに首を突っ込む必要はないだろ」自分を嘲笑《ちようしよう》し、戒めるかのような声もする。

「仕事が大事なら」と黒澤は自らに言った。「会社員にでもなれば良かったんだ。そうだろ」

仮に、これが仕事とは無関係だったとして、だから？　そうも思った。大して困ることでもない。

10

「順調ですか？」柿本の家を再び訪れると、花江が柔らかい笑みを向けてきた。

「まだ、一軒目なんだ。唄子という婆《ばあ》さんには会ったが」

「元気だったでしょう」

「びっくりだ」黒澤は肩をすくめる。「それからその後で、陽一郎には会った」こもり様の岩壁まで行ったことは、告げなかった。

「あらそう」

柿本はどこに行ったのか、と訊《たず》ねると、花江は左手の閉められた襖《ふすま》を指差した。向こう側は例の工房だったはずだから、創作中ということなのか。

「あの人、ああやってこもってる時はぴりぴりしているんですよ」

「一人前の芸術家気取りというわけか」

「昔から形式を重視する人なんですよ」

工房の芸術家を苛立《いらだ》たせることがないように、と物音に気をつけ、黒澤は靴を脱ぎ、家に上がる。こたつに座り、「あんたに話を訊《き》きたかったんだ」と切り出す。

「わたし、話せることはべらべら喋《しゃべ》ってしまったから、もう大したことは言えないと思いますよ」

「陽一郎と周造の件だ」と言って、反応を観察する。

花江が顔をわずかに引き攣《つ》らせた。黒目を斜めに動かした。「二人のことも昨日、ずいぶんと喋っちゃって、喋りすぎたくらいですよ」

「あんたは、何か大事なことを隠している気がするんだ」

黒澤は黙ったまま、彼女の言葉を待った。花江は困惑を浮かべ、居心地悪そうに座っていたが、しばらくして、「実は」と口を開いた。悪い言い方をすれば、窃盗で捕まった盗人が口を割るような、大袈裟《おおげさ》に言えば、友人に勇気を振り絞り、腹心を布《し》くような、そういう打ち明け方だった。

「わたし、たまたま見てしまったんです」

「見た？」

「ひと月くらい前に、夜中だったんですが、あの山のほうに行った時があって」

「あの山というのは、こもり様のところか」

「その時は、こもり様の時期ではなかったんですけど」

「どうして一人でそんなところに」しかも、夜だ。

「風が強かったんですよ。目が覚めちゃって。風が強いと、よく倒れたりするんですよ、木が」

「木というのは」

「枝とかが折れたり。そういうのって、うちの人の作品の材料になったりするんです」恥ずかしそうに、少しだけ彼女は目を伏せた。

「だから、その木を探しに行ったのか」

花江は、柿本に比べるとよほど賢明で明晰《めいせき》に見え、暢気《のんき》な自称芸術家に呆《あき》れているようだった。ただ、それでもやはり、夫の手助けになるならば、と材料の調達を手伝ったりするものなのか。少し、胸を突かれる思いがした。

「ちょうど見たんですよ。陽一郎さんと周造さんが口論をしているところを」

「夜中に？」

「こもり様の岩壁からさらに奥のところでした。声が聞こえるんで、寄ってみたんです。はじめは影にしか見えなかったんですが」

「陽一郎と周造だったというわけか」

「あの二人が喋っているところなんて、見たこともなかったので、凄《すご》く驚いて、しかも、山の中ですから、本当に怖くて」花江は眉間《みけん》に皺《しわ》を寄せ、首をすぼめた。

「何を言っていたんだ？」

「はっきりとは聞こえなかったんです。でも、周造さんが何かを話して、それを陽一郎さんが怒っている、という感じでした」

黒澤は目頭を摘《つま》み、その状況を思い浮かべてみる。男たちが口論をしている。しかも、三十年以上の不仲を抱えた男たちだ。言い合いが、平穏な挨拶《あいさつ》で終わるとは思えなかった。

「で、あんたは？」

「すぐにその場を離れたんです。だって、本当に怖かったんですよ」

「例えば、どちらかがどちらかに殺意を抱くくらいに？」

「黒澤さん、何か知っているんですか」

「知ってはいない」正直に答える。知ってはいないが、陽一郎が捨てた容器のことが頭から離れない。

隣の襖が、ぱしゃんと乱暴に開き、柿本が現われた。「おお、あんたまた来てくれたのか」と黒澤を見て、相好を崩す。

「実は手伝ってもらいたいんだが」黒澤はそう切り出した。

「手伝う？」

「黒澤さん、何を考えているんですか」花江が訊ねてきた。「陽一郎さんたちのこと、何か分かるんですか？」

俺に、と黒澤は言いたくなる。俺に、人のことが分かるわけがないではないか。ただ、花江の話を聞いた今、自分の内側に、黒々とした煙幕のような予感が漂いはじめたのは確かだった。陽一郎は、周造を閉じ込めて殺害するつもりなのではないか？そんなきな臭い予感だ。

11

集落の中でも、陽一郎の家は現代的な作りだった。瓦《かわら》や萱葺《かやぶ》きの平屋が残っている中、そこだけが不自然なくらいに、新しい。広い敷地の二階建てだ。街中の高級な建売住宅としても違和感がないような、立派な家だった。やはり、村の長《おさ》ともなると、これくらいの差が必要となるのだろうか。

玄関は容易に開いた。やりがいも張り合いもまるでなく、むしろ、小馬鹿《こばか》にされている気分になるほどのたやすさだった。こういう村では、周到な鍵《かぎ》を用意しなくとも、ピッキング泥棒に襲われる心配がないのかもしれない。

玄関の扉を横に開け、身体《からだ》を滑らせる。中に入り、扉を閉める。広々とした三和土《たたき》だった。村人が全員やってきても、靴を並べることは可能に思えた。和室の畳からなのか、湿った草のような匂《にお》いがする。靴を脱いで、廊下に上がった。

陽一郎は不在だった。正確には、不在にさせたのだからいなくて当然だった。柿本に、陽一郎を呼び出してくれないか、と依頼をしていたのだ。「午後の一時間でいい、彼の家を捜索したいんだ」と。

当然ながら柿本は訝《いぶか》った。

「山田という男の情報が、陽一郎の家にあるかもしれないのだ」と黒澤は説明した。

「だからと言って、泥棒みたいな真似《まね》をすることはないだろうに」

実際、泥棒なのだから返事にも困るが、「人の命に関わることかもしれない」と訴えた。

大袈裟《おおげさ》ではあったが、半分は本心だった。もし陽一郎が、周造を洞窟《どうくつ》に閉じ込め、食事も与えないのだとしたら、これは実質、殺人と同じだ。

それでも柿本が、なかなか引き受けてくれないので、黒澤は半ば奥の手とも呼ぶべき取り引きを、持ちかけた。「もし、協力してもらえれば、あんたの作品をどこかの美術関係者に紹介してやろう」

当てがあるわけではない。ただ、学生時代の友人が、銀座の画廊で働いていたことがあったため、その伝手《つて》を利用すればどうにかなるかもしれないな、と安直に考えた。

これが覿面《てきめん》の効果を見せた。

「おお、そうかそうか」柿本は声を高くし、「よしよし、陽一郎を呼び出してやるよ」と承諾した。「俺の作品を、この村の名産にしたらどうかとかそういう相談をしたいと呼び出そう」

黒澤は床が音を立てないように、と気を配りながら、一階を見て回る。廊下の突き当たりが、広い居間だった。大きな和室だ。昨日今日作られたばかりの物とは明らかに趣の違う、家具や木彫の置物が並んでいる。綺麗《きれい》に張られた障子が美しい。匂いに色があるとは思えないが、息を深く吸うと、畳の青い匂いが鼻に入ってくる。時計の針の音がどこからか、した。

改めて、広い室内を見渡す。清潔感や豪奢《ごうしゃ》な雰囲気はあるが、生活臭はない。寒々としていた。隣の部屋へ移動する。部屋の隅には、床の間と仏壇がある。仏壇には、いくつもの白黒の写真が並んでいた。ひときわ新しい、ポラロイド写真のようなものに若い女性が写っていて、おそらくそれが、陽一郎の、亡《な》くなった妻なのだろう。

部屋の東側の壁には、黒く、頑丈な書棚があった。本の量が多く、黒澤は目を見張る。村の自治に関する資料や研究書など、堅い内容のものが並んでいた。政治家や歴史の本も多い。

書棚の脇《わき》には低い机があった。座椅子《ざいす》に腰を下ろし、机の上を丁寧に探る。筆記用具や便箋《びんせん》が置かれているが、他に、変わったものはなかった。読みかけと思われる本が一冊、横になっている。置時計の脇には小さなカレンダーがあった。手を伸ばし、めくってみるが、書き込み一つない。

整理整頓《せいとん》が行き届いている、というよりはあまりにも殺風景で、黒澤は、陽一郎の潔癖さや神経質さを感じ取った。この小さな村の、これほどまでに殺風景な部屋で、陽一郎は一人で何を考えているのか、と想像したくなる。

座椅子から立ち上がり、押入れを開ける。空き巣としての経験上、そこに金庫でもあるのではないか、と見た。

案の定、金庫が出てくる。ためらう必要はない。古い型のダイヤル式で、ダイヤルに手をやり、回転させた。

ダイヤルを回し、耳をそばだて、指に神経を集中させながらも、黒澤はふと文吉事件のことを考えていた。こもり様だった男が奇妙な死に方をした、というあの事件についてだ。

陽一郎の仕業だったのではないか。

黒澤はどういうわけか、そう思わずにはいられなかった。

ダイヤルの響きが指に伝わり、わずかな感触の違いに気がつく。手を止め、逆方向へと回す。

思っていたよりも時間はかかったが、金庫は開いた。黒澤はその瞬間、自分の存在が認められたかのような、安堵《あんど》とも快感ともつかない気分になる。開錠する時はいつもそうだ。「まだ、大丈夫ですよ」と何者からか、許可が下りた気分になる。

金庫の中を覗《のぞ》いた。今回は、金を盗むのが目的ではないにもかかわらず、やはり、胸が弾んだ。手を入れ、中の物を引き出す。

通帳が二冊あった。名義は、陽一郎のものだったが、金のことは後回しだ、とそれは開かず、奥にあるノートに手を伸ばした。罫線《けいせん》入りのノートで、使い古された跡がある。表紙には何も書かれていない。

そっと中を覗くと、手書きの文字で埋め尽くされていた。はじめのうちは、学術書の要点を書き留めたもののようだったが、中盤からは、日付や数字が書き込まれ、会計伝票のようになっている。

そのうちに、人の名前が書かれているのが目に入り、黒澤は頁《ページ》をめくるのを止《や》めた。スケジュール表のようなものが、いくつも並んでいる。日付や数字が記載され、値段のようなものまであるので目を惹《ひ》いた。

山田の名前を発見する。黒澤ははっとし、その意味について考えた。

もう一度、ノートをはじめから見る。

金庫のさらに奥には、布でできた袋があった。大きめの、ずいぶん年季の入った巾《きん》着袋《ちゃくぶくろ》のようだ。口の紐《ひも》を解き、ひっくり返すと、拳《こぶし》ほどの大きさの、木の固まりが、ごろごろっと音を立て、転がり出た。綺麗な立方体をし、その各面に穴が開いている。色のついていた形跡は見えたが、半分消えている。サイコロか。こもり様を決める時に使用する、サイコロに違いなかった。

数珠《じゅず》の位置で、生贄《いけにえ》が決まる。数珠を回す時間は、歌の回数で決まる。歌の回数は、村長の振ったサイコロの目によって決まる。

黒澤は思うとはなしに、サイコロを握った。畳に転がした。すると、三の目が出た。こんなもので生贄が決定されていたのか、とその呆気《あっけ》なさに溜息《ためいき》を吐《つ》いた。人の役割を決定するには、あまりに手軽だ。再度、巾着袋にしまおうとしたが、ふと気になり、同じサイコロをもう一度振ってみた。すると、再び、三の目が上を向く。

おや、と黒澤は姿勢を正した。今度は少し乱暴に、サイコロを投げた。また、三となる。他のサイコロにも手を伸ばし、片端から何度も転がした。

「なるほど」黒澤は思わず、声を出した。

一つを除き、全《すべ》てが細工されたサイコロだった。見た目は同じだったが、何回振っても、同じ目が出るようになっている。このサイコロは一しか出ない、こちらは五しか出ない、というように、それぞれ出る目は異なるが、一定の数しか出ない、という意味では同じ種類のものだった。

これがあれば、こもり様をコントロールできる。黒澤にもそれくらいのことは、推察できた。生贄決定の儀式が、具体的にどのような段取りで行われるのかは分からないが、陽一郎は円陣を組んだ村人の位置を見て、そして、サイコロを選んでいたのかもしれない。

歌の速度や座る位置によって、若干のずれは生じるが、それでもある程度は意図的に、こもり様を選ぶことができるはずだ。

サイコロはかなり古い。これはもしかすると、最初の、こもり様の儀式の時から使われていたのかもしれない、と黒澤は思った。それほどに貫禄《かんろく》がある。山賊へ女を差し出す時から使用された、由緒《ゆいしょ》正しい、いかさまの賽《さい》、だ。

思えば花江は、「周造がこもり様になることが多い」と言っていた。このサイコロを使い、周造を狙《ねら》うことは可能ではないか。

サイコロを袋にしまい、ノートを閉じた。これ以上、家の中を捜索する必要は感じず、すぐに岩壁へ行くべきだと思った。

慌《あわ》ただしく金庫の中にノートをしまうが、その途中で黒澤は手を止めた。ページの合間に入っている写真が目に入ったのだ。首を捻《ひね》る。パズルを組み立てていたらピースが一つ余ってしまった、という嫌な予感を覚える。しまいかけていたノートを再度開き、今度は、最後まで目を通した。次に、まだ触れていなかった通帳の中を確認する。

「となると」

二通りの可能性がある。

12

裏道を通り、集落から離れた。レンタカーを停めた場所まで戻ると、すぐに乗り込み、山へと向かう。行ったり来たりでいったい何をやっているんだか、と自らを笑いたくなった。

道はなだらかな上りとなり、道幅が狭まり、砂利道に変わり、山の中に入り込むとやがて行き止まりが現れた。つまり、一日前にやってきた時と同じで、終点まで来た。ドアを閉じる時に、また、土が崩れて車が傾くのではないか、と恐れたが、さすがにそうはならなかった。

足音のようなものが聞こえ、はっと振り返る。人影は見えない。しばらく立ち止まったまま、様子を窺《うかが》う。何もない。岩壁へと真《ま》っ直《す》ぐに進んだ。木の枝が足元でぱきりぽきりと音を上げ、折れる。周囲に立ち並ぶ木々が裸の枝をこすり合わせるかのように、風で揺れた。

岩壁に近づくと、その巨大さが露《あら》わになった。首を傾《かし》げて見上げなければ把握できないくらいだ。地層のように、何重かに色の変わった壁がそそり立っている。全貌《ぜんぼう》を把握しようと首を曲げると、のけぞって倒れそうだった。

洞窟《どうくつ》と呼ばれている岩穴の場所はすぐに分かった。左手の奥に、大きな岩石が、不自然に置かれていたからだ。あれが、洞窟を塞《ふさ》ぐ石なのだろう。

その瞬間、黒澤は目をこすった。目の前の情景が暗くなった。足を止め、目を凝らすと、洞窟の前に人の姿がある。現実に、そこに人がいるわけがないのだから、幻なのだろうが、あまりに生々しく、耳には声が、肌には息が、しっかりと伝わってくる。瞬《まばた》きをするものの、その人間たちは消えない。

二十人近くの男女が見えた。二十人近くの男女が、岩を押さえている。誰もが乱れた髪をし、必死の形相をしている。高揚と恐怖が漲《みなぎ》った、表情だった。目を充血させ、岩を支え、その岩の下に必死に石や木を挿し込んでいる。

こもり様の様子に違いなかった。

「早くしろ早くしろ」と男が叫び、「閉めろ閉めろ」と別の声もする。謝罪の言葉を繰り返し叫び、拝むような恰好《かっこう》をした女がいたかと思うと、「謝ってどうすんだ」と罵《ののし》る者もいる。焦燥感がひりひりと伝わり、黒澤は身体《からだ》中が総毛立つのを感じた。二十人の男女が囁《ささや》いている。村人の必死さや、罪悪感、サディズムがない交ぜになった熱気が、空気をゆらゆらと揺らし、葉や土が音を出す。

顔を強く振ると、周囲に明るさが戻った。村人の姿はない。林は静かだ。うるさい声も消失している。

何だよこれは、と黒澤は戦慄《せんりつ》を覚えながら、その戦慄を振り払うように首を振り、苦笑し、石に近づく。

岩石の前に立つと、その高さが、自分の鳩尾《みぞおち》ほどのところまであるのが分かる。不恰好な球体で、触れたくらいでは動きそうもなかった。楔《くさび》のように石や木が、周囲に置かれている。

右側に、小さな隙間《すきま》がある。大人の肩ほどの高さで、幅は三十センチメートルほどある。石と洞窟との間にできた、穴なのだろう。確かに、大きめのポストの口のようだった。そこから、食事を入れるのだろう。

腰をかがめ、その穴に顔を近づける。冷たい風とともに、臭《にお》いが鼻を突いた。食べ物のものなのか、汗や糞尿《ふんにょう》が混じったものなのか、複雑に絡《から》み合った生々しい臭さに襲われた。酸味とも苦味ともつかない。鼻が曲がるほどではないが、快適とは言いがたい。

洞窟の中で風が流れている音がした。しばらくその姿勢で息を潜めていると、奥で、がさごそと物音がしたようだった。人か、と黒澤は察し、「いるのか?」と声をかけた。

その声が、空洞で反響する。耳を寄せる。何も聞こえない。

「いないのか?」先ほどよりもはっきりとした声を発した。

微《かす》かではあったが、地面のこすれる音が聞こえた。力ない呻《うめ》き声らしきものだ。いるのか、と黒澤は慌《あわ》てて口を近づける。「おい、おまえは」

推測によれば、洞窟の中にいるのは二人のうちどちらかだった。ノックをするかのように、岩壁の平らな部分を拳《こぶし》で叩《たた》き、それから、ひときわ大きな声でこう言った。

「そこにいるのは、周造か？　それとも、山田か？」

ほぼ同時だった。自分の背後に、人の気配を感じた。厳密に言えば、腰をかがめた自分の上から落ちてくる鼻息であったり、靴が地面を踏む音であったり、振りかぶるように身体を捻《ひね》った震えであったりしたのだが、それらを察し、黒澤は咄嗟《とっさ》に横に転がった。

直後、棒が振り下ろされた。黒澤は受け身を取るように、地面に倒れる。首を傾け、見上げると、太い木を握った男が立っていた。黒澤に避けられたことに驚き、目を丸くしている。

悪いな、と黒澤は内心で呟《つぶや》く。自分で言うのも何だが、猫や泥棒は小癪《こしゃく》なくらいに、素早いんだ。

13

男は角刈りで、柔道選手のように体格が良かった。肩幅が広く、シャツから覗《のぞ》く腕も太い。日に焼けている。

男はもう一度、つかんだ木を振りかぶった。黒澤は立ち上がりながら、その男をじっと見た。強張《こわば》った顔つきだったが、丸い輪郭のせいか、人当たりの良さが滲《にじ》み出ている。

黒澤は左手を前に出し、「やめろ」と鋭く言った。この男こそが、周造なのではないか、と思った。武器をつかみ、殴りかかってきたとは言え、男には柔らかい雰囲気が備わっていて、柿本や花江から聞いた印象と近い。

「あんた、周造だろ」黒澤は、相手が動作を止めたのを見計らい、質問する。

案の定、男は、「何で知っているんだ」と頬を痙攣《けいれん》させた。

「何をしている」と背後から、別の声が聞こえる。振り向かずとも、それが誰であるのかは分かる。黒澤は肩をすくめ、陽一郎と向き合った。

「黒澤さん。また戻ってきたのか」

「気になって、戻ってきたんだが」黒澤は、陽一郎に向かっても、手の平を向けた。

右手は陽一郎に、左手は周造に、と二丁の拳銃《けんじゅう》を持って牽制《けんせい》するかのように、構える。

「いったい、これはどうしたんだ」陽一郎が、周造に訊《たず》ねた。

「この男が、こもり様の洞窟《どうくつ》を覗いていたからな。怪しい男だと思って」

「だからって、そんなもので殴られたら、たまらないな」黒澤は、周造の手にある木を指差した。

周造と、陽一郎が顔を見合わせる。

「とにかく、うちの村にちょっかいを出さないでくれ。こんな外れの村までやってきて、干渉する必要はないだろう」陽一郎は無表情で、声は大きくなかった。

「俺は何も迷惑をかけたくて、ここに来たわけじゃない」

「それなら、どうして、帰らない?」

どう返答しようか、と迷った。言うべきことは決まっているが、単刀直入か婉曲《えんきょく》か、結論からか経緯からか、と少し悩んだ。周造に一瞥《いちべつ》をくれる。この男がここにいる、ということは、黒澤の想定していた第一案、陽一郎による周造殺害説については却下されたことになる。残りはもう一つの可能性しか考えられなかった。

「俺は」と口を開く。洞窟を指差す。「あの中にいる、山田に用があるんだ。捜すように、依頼を受けている。つまり、これは仕事なんだ」

周造が顔色をさっと変えた。

「どうしてそう思うんだ」陽一郎は表情を変えない。

「単純な発想だ。俺は、山田を捜しに来た。けれど、ここにはいない。そして、洞窟にいるはずの周造が、今、そこにいる。ということは、洞窟には別の人間がいる。山田かもしれない、と思っても不思議ではないだろ。パズルというか、算数だ」

陽一郎は返事をしない。周造も唇を噛《か》み、黙ったままだ。

黒澤はさらに、自分の推察をぶつけることにした。「あんたは、こもり様をビジネスに利用しようとした。そうじゃないのか？」

陽一郎の家の金庫、そこに入っていたノートには、ぎっしりと予定表のようなものが書き込まれていた。中に、山田の名前もあった。通帳の入金と見比べた上で、黒澤はその意味を考えた。結果、思いついたのは、陽一郎が村以外の人間から依頼を受け、仕事をしている、ということだ。

「俺は警察じゃない。どちらかと言えば、その逆だ」黒澤は言う。

「その逆？」

「そう。逆側だ。俺は、自分の想像を話したいだけなんだ。当たっているかどうかを確かめたい。それくらいはいいだろ」

陽一郎たちはまだ、返事をしない。

「世の中には、一定期間、姿を隠したい人間がいる。例えば、罪を犯したばかりの者だとか、時効が成立する直前の者だとか。誰かから逃げたい奴《やつ》もいるだろう」山田自身が同意の上だったのかどうかは分からないが、山田もそうだったのかもしれない。彼を証人台に立たせたくない者がいたのだ。「そういった人間を、一定期間匿《かくま》ってやる。有料で、あんたたちは、そういうビジネスをやろうとした、いや、実際にやっていた。違うか？」

「それと、こもり様がどう関係するんだ」陽一郎の声は冷たかったので、黒澤としてはその時だけは、自分の意見が的を外れているのではないか、と不安になった。

「村に、ただ匿っているだけでは、ばれる。どんなものでも、どこからか情報が漏れるからな。秘密の場所なんてそうそうない。だから、洞窟に入れるんだ。こもり様の時は、誰も近づかない。用意様のおかげで、食事も提供できる。これほど便利な、隠れ場所はない」

「聞いたと思うが、こもり様は数珠《じゅず》で選ばれるんだ」と陽一郎が言った。

「これは俺の勘だが、それもあんたが操作していた。違うか？　もちろん、こもり様が全《すべ》て、そういうわけじゃない。年に一度か数年に一度、依頼が来た時にだけ、意図的に、こもり様を選んだ」

「意図的に、こもり様を選ぶのか」

「たとえば、サイコロに細工をして、だ」家に忍び込んで、金庫を開けたことは言えない。

「なるほど。それで？」

「よそから来た人間を、洞窟に隠すためには、籤《くじ》で選ばれた、本当のこもり様には洞窟から出てもらわなくてはいけない。だろ？　つまり、籤で選ばれたこもり様は、その事情を承知している人間でなくては困るんだ。共犯になってもらう必要がある」そこまで言って黒澤は、横目で周造を見る。「それが、あんたの役割というわけだ」

周造はすでに木を持ってはいなかった。堅実さと温厚さを持った面持ちで立っている。

黒澤は頭に閃《ひらめ》くものを感じた。「そうか、文吉事件も繋《つな》がっている。違うか？　あの時も、誰かを匿う予定だったんだ。ただ、どういうわけかあの時は、周造ではなく、文吉が当たってしまった」

「どんなことにも誤差はある」

陽一郎の声が林の中で、裸の木々を揺らすように思えた。

「サイコロの誤差か。それとも座り順の誤差か」と訊ねたが、陽一郎は表情を緩めるだけで答えない。「あんたたちはたぶん、文吉を共犯にしようとしたんだ。それを承諾した文吉は、抜け穴から外に出たが、山のどこかでたまたま落下した。落ちて、死んでしまったわけだ。それを隠すためにあんたは、文吉の死体を洞窟まで運んだ。そうじゃないのか?」

「あの男は、文吉さんは、女好きだった」陽一郎が話しはじめたが、それはあまりに淡々とした物言いで、黒澤の憶測を認めたというよりは、自分も憶測を巡らすのを楽しんでいるだけのようでもあった。「だから、私が話を持ちかけると、大乗り気だった」

「どういう風に持ちかけたんだ?」

「文吉さんには、浮気相手がいた。山形にな。ただ、彼の妻がそのことに気づき、警戒されていた。彼は、山形に行くこともままならなかったんだ」

「無茶はできない」

「私は、こう持ちかけた。こもり様の洞窟からこっそり脱け出して、その間に山形で、存分に浮気をして来ればどうだ、と。そうすれば、洞窟は空くし、彼も他言しない。一石二鳥だ。予想通り、彼は二つ返事で話に乗ってきた。まさかこもり様の自分が、山形に行っているとは、妻も思うまい、そう喜んだんだ。ただ、好事魔多し、とは本当だな。文吉は、崖《がけ》の下で死んでいた。どこかで滑ったんだろう。私が最初に発見して良かった。周造と二人で、死体を洞窟に戻した」

「陽一郎、あまりぺらぺら喋《しゃべ》るな」周造が鋭い声で言う。

「大丈夫だ、俺の記憶力は最低だ。ここで聞いたところで、あの砂利道を出た瞬間に忘れる」黒澤は眉《まゆ》を上げた。

「そんな言葉を信用すると思っているのか?」周造が首をかしげる。

「人を信じてみるというのは、人生の有意義なイベントの一つだ」黒澤は返事をした。

「今、山田があの洞窟にいるんだろ。有料で、匿ってやっているんだな」

陽一郎はそれには答えなかった。口を一文字に結び、黙り込んだ。周造が心配そうに、その陽一郎に一瞥をくれる。

「洞窟の中を見せてくれ。そうすれば、全部が分かるはずだ」

「そうか。では、見ればいい」陽一郎があっさりと承諾し、黒澤は拍子抜けの気分になる。

14

結論から言えば、こもり様の洞窟《どうくつ》には誰もいなかった。

陽一郎と周造は慣れた手つきで、石や木を外し、大きな球形の岩石をどかした。そして、現われた洞窟の入り口の前に立つと、「中を確かめてみろ」と黒澤を誘った。

生臭い、汗や土の混じったような臭《にお》いが鼻を突いたものの、予想よりも穴の中は清潔だった。腰をかがめ、黒澤は恐る恐る中に踏み込む。

洞窟内は思っていた以上に広い。大人が立っても、頭がぶつからない程度の高さで、幅も狭くなかった。奥行きも十メートル以上はあるだろう。そして、風が入らないせいか、暖かい。

「誰もいないのは一目瞭然《りょうぜん》だ」

中へ歩いていこうとする黒澤を、陽一郎が呼び止めた。午前中とはいえ、太陽の陽《ひ》射《ざ》しが洞窟の中にも差し込んでいた。突き当たりの部分まで床は見える。山田が寝転んでいたり、縛られて横たわっている姿はない。

「確かに」と納得せざるをえない。「確かに、いない」

「それ以上は、奥に行かないほうがいいぞ」周造は忠告するかのようだった。

「抜け穴を見られたくないからか？」

「それは別に構わない。ほら、あそこの隅に石が積んであるだろうが。あれをどかすと、這《は》って潜れる穴がある。抜け穴だ」意外なことに周造は簡単に認めた。指で示されたあたりには、小さな石が山のように積まれている。知っている者でなければ、あれをどかそうとは思わないかもしれない。「昔、こもり様になった誰かが必死に掘った穴かもしれないがな、あの穴は、俺たちが生まれる前からあった」

「どうして、奥まで行かないほうがいいんだ？」

「今は違うと言っても、以前は、本当の生贄《いけにえ》だったんだ」陽一郎の声は冷たく、洞窟内に反響した。

黒澤はゆっくりと顎《あご》を引いた。彼らの言いたいことが分かったからだ。

生贄になった者たちの名残が、洞窟の奥には残っているのだ。生きながらにして閉じ込められた者たちの、例えば壁を引っ掻《か》いた爪《つめ》の痕《あと》であるとか、血液で記した恨み言であるとか、もしくは目に見えなくとも、怨念《おんねん》や憎悪《ぞうお》の塊のようなものが滞留した重々しい空気であるとか、そういったものが洞窟の先に、きっと存在しているのだろう。壁に浮かぶ湿り気や、崩れた石の欠片《かけら》に、様々な人間の陰鬱《いんうつ》な思いが滲《にじ》んでいるのかもしれない。

黒澤は先ほど自分が、穴に耳を当てて聞いた呻《うめ》き声を思い出した。あれは思い過ごしだったのか、それとも、洞窟内に蓄積された黒々とした思いのうねりだったのか。寒気がする。得体の知れない、寒々とした震えがある。引き返すことにする。

「あんたたちはいったい、何のために」外に出て、太陽に目を細めつつ黒澤は、陽一郎と周造を交互に眺めた。「何のために、不仲を装《よそお》っているんだ」

三十年以上だ。この男たちは、三十年以上もの間、目も合わさず口も利《き》かない敵対した男たちを演じていたことになる。

「装っているんじゃない」陽一郎は目をいったん伏せてから、言った。

「そうとも、こんなに狭い集落では、演じていたってすぐにばれる」周造の目がどうにも寂しげだった。

「だが、この三十年喋《しゃべ》ったこともないと言われているにもかかわらず、あんたたちは、こうして、ごく普通に言葉を交わしている」

「それがどうしたと言うんだ」陽一郎の目が急に、木の窪《くぼ》みに見えた。陽一郎の全身は地面に生えた植物に似ている。「君に関係があるのか」

「ないな」黒澤は正直に答える。「だが」

「だが？」

「関係がないからこそ、喋っても、害がない。そう思わないか」

陽一郎の口元が、そこに編み込まれていた糸がふわりと解《ほど》け、緩々と綻《ほころ》ぶかのようだった。笑ったのか、と黒澤は遅れて気づく。

「黒澤さん、仮に君の言っていることが本当だったとする。私は、こもり様を利用して、臨時の収入を得ようとしていた。もちろん、村のために。名物もなければ、農業も尻《しり》すぼみのこの村では、お金がそれなりに必要なんだ。いや、正確に言えばこの集落だな。私はこの自分の育った、昔から私の親たちが守ってきたこの集落をなくすわけにはいかないんだ」

「どうして、なくすわけにはいかないんだ」

黒澤が訊《たず》ねると、その時だけ陽一郎はきょとんとした表情になった。

「いや、悪かった」黒澤は言葉を継ぐ。「あんたたちにとっては当たり前のことだ。話を続けてくれ。村をなくすわけにはいかない。で、あんたたちは、こもり様を利用した。だが、それほどまでに金が必要か？」

「金はいくらでも必要だ。集落の施設を直す金もない。ただ、それ以上に、この村が存在する意味が必要なんだ。存在価値がないものはいずれ消える」

「かもしれない」黒澤は曖昧《あいまい》に答える。「かもしれないが、そこまでする必要があるのか」

「私はとにかく、この作業を続ける必要があった。まだ、大した収入にはならないとはいえ、続ける必要があるとは思っている。そのためには、独りでは無理だ。かと言って、村人全員にこの計画を明かすわけにはいかない」

「なぜだ」

「知っている人間が多ければ多いほど、情報は漏れる。そうだろう?」陽一郎の声は鋭い。「人を匿《かくま》っているのに、その情報が広まっては意味がない。大勢が知っている隠れ場所、そんなものに価値はあるだろうか」

　また、価値、という言葉が出た。陽一郎は、村の価値にこだわっている。

「共犯が必要なのは確かだが、それは必要最小限の、疑われない人間でなくてはならない、と私は思う。つまり、その人間が共犯だとは絶対にばれてはいけないんだ。そして、私にとって、もっとも共犯だと疑われない人間は誰か」

「不仲の人間、というわけか」

「そうだ」陽一郎が答え、周造が深い息を吐いた。

「それだけのために？」

それだけのために、あんたたちは三十年以上、人前で言葉を交わさなかったのか。

「それだけではないだろうな」陽一郎はこの期《ご》に及んでも、仮定の話を喋るようだった。「共同体をまとめるには、権威だけでは駄目だ。私はそう思う。統治する人間は嫌われ、恐れられ、そして人々を牽引《けんいん》していかなければいけない。そのかわり、個人個人の恐怖や不安、不満を受け止める人間も必要だ。私の父は厳格だった。祖父は気前良く、寛容だった。どちらも、村の人間からは不満があった。厳しければ屈辱が、甘ければ侮《あなど》りが生まれる。うまく従えるには、両方のバランスを取る必要がある。つまり、二人いたほうがいい。厳しい人間と、その不満を受け止める人間だ」

黒澤は信じがたい気分で、二人を眺めた。極端だ、と思わずにはいられない。陽一郎は真剣だが、あまりに極端だ。

「こいつは頭がいい」周造が静かに言う。「そしてこの村のことを誰よりも考えている。だから、村のために、俺たちはやめたんだ」

「やめた？」

「友人であることをやめたんだ」

「そういうものなのか」そこまでして、この村を維持する必要があるのかも分からなかった。そもそも、友情を三十年以上も封印する必要が、つまりは村や集落の生贄として捧《ささ》げる必要があるとは思えなかった。

「ずっとだよ」周造の目からは険しさが消えている。「子供の頃からずっと、陽一郎は村のことを考えていたんだ。そして、こもり様を利用するアイディアを、俺に話した」

うまくやるには、俺たちは反目し合ったほうがいい、と陽一郎は発想した。

「あんたの恋人が自殺したと聞いた。その頃から、二人は口を利かなくなった、と」

周造が目を伏せた。そうすると、周造の皺《しわ》が見る見るうちに消え、肌に水分が戻り、恋人の死を悼《いた》む十代の彼に戻るかのようだった。

「私と周造は、子供の頃から、それこそ乳離れをする前から友人だった。その私たちが唐突に、不仲になっても、勘繰られるのが落ちだ。そのためには、周囲を納得させるきっかけが必要だった」

「まさか、そのために女を殺害したわけではないだろうな」黒澤が言うと、「馬鹿《ばか》な」と周造が声を荒らげた。

「そうじゃない」陽一郎が静かに、否定する。そんなことをするはずがない、あれは許しがたい出来事だった、と。

「ただ、あれをきっかけにしよう、と私は提案した。悲しみに暮れる友人を前に、私は冷たく計算をしたわけだ」自嘲《じちょう》気味に陽一郎が言う。

「そんなことはない」周造の言葉は短い。そんなことはなかった、と繰り返す。

「その女を襲わせたのは、陽一郎、あんただと村の人間は思っているようだ」

陽一郎が笑った。「私はもとから、あまり慕われていないからな。そういう噂《うわさ》を流すと、みんなが飛びついた。情報というのは、真実味や証拠よりも、受け取る人間の需要に反応するんだ」

「女が襲われたのもデマか」

「いや」陽一郎が、周造を気にかける。

「それは本当だ」周造のその言葉は口から吐き出されるとともに、林の中にぽっかりと浮き上がるように思えた。目に見えぬ握り拳《こぶし》さながらに、周造の思いがぎゅっと引き締まる。

黒澤はそこで、頭の中で図を描いた。陽一郎と周造とその恋人、それから、ここにはいないもう一人の男、だ。「もしかすると」と口にしていた。「もしかすると、その女を襲ったのが、山田なのか？」

周造が反射的に口を開けた。

陽一郎は動じず、唇を閉じている。

黒澤は、「根拠はない。ただの算数だ。というより、余ってるピースを無理やりパズルに押し込んでみた」と頭を掻いた。「山田のほうから、匿ってくれ、とたまたま依頼してきたのか、それとも、あんたたちが見つけ出したのか分からないが、とにかく、あんたたちは山田を、ここに連れてきた。それは確かだろう？」

金庫の中のノートに、山田の名前があったのは事実だ。

「だとしたら、どうなんだ」

「あんたたちは、この村で、隠れ蓑《みの》を運用していた。利用するのは、どちらかと言えば、社会の裏通りに住む人間が多いだろう。昔、女を襲った男が今、社会の裏通りで生活している可能性はあるし、そうなるとその男の情報が、あんたたちのところに飛び込んでくることもあるかもしれない」

「考えるのは自由だ」

「あんたたちは山田を、こもり様に見せかけて閉じ込めた。復讐《ふくしゅう》を果たそうとした。そうじゃないのか？」もしかすると、その復讐こそが、隠れ蓑の仕事をはじめた動機ではないか、とすら思えた。

「私はこう見えても、村では権力者なんだ」陽一郎が答えた。

「かもしれないな」

「権力者に許された、台詞《せりふ》を知っているか？」

「何だ」

「ノーコメント」

黒澤は噴き出す。不穏な真相がちらついているにもかかわらず、愉快な気分になった。そして、周造を見た。「どうして、こもり様であるはずのあんたが洞窟の外にいるんだ？　おかしいだろ」

「俺は」周造が苦笑した。「こもり様は退屈だからな、時には、外に出てくることもある」

その返事が真実とはとうてい思えなかったが、黒澤はそれ以上の質問はしなかった。彼らが隠し通したいのであれば、それをわざわざ暴《あば》く必要もない。

金庫内で見つけた物のことを思い出す。ノートの中に挟まっていた黄ばんだ写真だ。白黒でこそなかったが、かなり色は薄くなっていて、それが古い時代に撮られたのは明白だった。十代の少年が二人、肩を組んでいる。二人とも同じような髪形で、歯を見せ、幸福そうな笑みを浮かべていた。子供の頃の陽一郎と周造なのだろう。今、目の前にいる二人は、ずいぶん老いて、笑顔はどこにも見当たらない。けれど、あの写真ととても、よく似ている。

黒澤は息を吐いた。「正しいかどうかは別にして、あんたは偉いよ」と陽一郎に言った。

「私が偉い？」まさかそう言われるとは思わなかったのか、彼ははじめて動揺を露《あら》わにした。

「自分を犠牲にしてまで、国のことを考える政治家や官僚は少数だ」黒澤は、花江の言っていた言葉を思い出す。

陽一郎は村の未来について、自分の信念とビジョンに基づいて、自分の信じることを実行している。友人の存在を手放し、自らの人生を味気ないものにするのも厭《いと》わない。正しいやり方かどうかははっきりしないが、黒澤はその決断と意志に感心した。

彼は困惑した笑みを浮かべる。「私が考えているのは、国民ではなく、この村の、もっと言えばこの集落の人間のことだけだ。偉くなどない」

「そうか」と黒澤は答え、その場を後にした。

車へと戻る途中で立ち止まり、一度だけ、岩壁を振り返った。

岩穴の前に、村人の姿が見えるようなことはなかったが、「早くしろ、早くしろ」「閉めちまえばいいんだよ」という興奮した声が、耳元で鳴った。風に紛れて渦を巻くような、地響きのような迫力を備えた、興奮の声だった。

15

仙台の街中に戻った黒澤は、数日の間、山田を捜したが、結局、見つけられなかった。依頼主は落胆したが、怒って難癖をつけてくることもなかった。

小暮村のことを思い出したのは、ずいぶん日も経《た》ってからだ。二つのことが立て続けに起きた。

一つは、新聞記事だった。県内版の小さな記事に、「小暮村と山形県の境界の山中で、男の死体が発見される」とあった。氏名と写真が掲載されていてそれは間違いなく、あの山田だった。「遭難したと思われる」と記事は結ばれている。

「そうか」黒澤は呟《つぶや》き、想像を巡らした。黒澤が洞窟《どうくつ》の中に案内された時、すでに山田の死体は山に捨てられていたのではないか。復讐《ふくしゅう》は完了していたのではないか？そうではないとしたら、あの後、黒澤が確認した後で、山田は洞窟に入れられた可能性もある。

もちろん、ただの偶然かもしれない。山田がたまたま、小暮村に興味があり、理由は分からないが裁判の前に岩壁を一目見ようと思い立ち、山に踏み入り、その結果、遭難した。ありえなくはない。

「もし、山田が事故ではなく、陽一郎たちに殺害されたのだとしたら」と黒澤は考えた。「だから？」とすぐに思う。だから、どうだというのだ。

もう一つは、同じ日にかかってきた電話だ。

東京の画廊からで、電話に時間制限でもあるかのように、画廊主は聞き取りにくい猛烈な早口で、喋《しゃべ》ってきた。

「黒澤さん、以前、送っていただいた、木彫の作品のことですが」

「柿本のか」

「そうそう、その柿本先生」

「先生？」

「ためしに、若者向けの店に並べてみたのですが、これがものすごい反響なんです。全部売れました。それでですね、私どものところで全面的にバックアップしていきたいのですが」

黒澤は一瞬、言葉を失う。花江が、やったね、と喜んでいる姿を思い描いた。

「だから？」少しして、電話に言い返す。

フィッシュストーリー

二十数年前

『僕の孤独が魚だとしたら、そのあまりの巨大さと獰猛《どうもう》さに、鯨でさえ逃げ出すに違いない』

ハンドルを握りながら、昔読んだある小説の一節を思い出した。ずいぶん昔の作家だ。晩年は廃屋にこもって、その壁に文章を書き続け、二十年前に死んだ、という日本人作家の遺作、その冒頭だった。

同時に、カーステレオに入れたカセットテープのことに気づく。せっかく、レコードから録音したというのに、ろくろく聴いていなかった。

夜の十一時だ。自宅から片道一時間ほどの距離にある、隣県の実家からの帰り道だった。七十歳の父から突然、呼び出され、何事かと思えば、「近所から野菜をたくさんもらったから、持って帰ったらどうだ」とそんな用件だった。「野菜が傷《いた》む前に早く取りに来い」

梅雨に入ったものの、雨の降らない日々が続いている。両親の住む盆地はひどく暑いため、だから、できることならば近寄りたくなかったのだが断れなかった。

「この辺もどんどん、建物が建つらしいからな、そのうち米も作れなくなるぞ」父は景気のいい話をするのが好きだった。日本人は優秀だから経済で世界一だ、と自慢げによく言った。

「こんな田舎まで発展させて、どうするつもりなんだろうな」と私は返事をした。母の作った、カレイの煮つけをつつきながらだ。

「どんどん発展して悪いことはないだろう」父は鼻の穴を広げた。

「どんどん発展していくと、地味で面倒臭い物が置いていかれるじゃないか」

「おまえは難しいことを言うな」父は吐き捨てるようだった。「何だよ、地味なことって」

「礼儀とかモラルとか」

「雅史、おまえはいつもそんな理屈っぽいことばっかり言うから、結婚できないのかね」隣で聞いていた母が露骨に溜息《ためいき》を吐《つ》いた。「昔から、正義感のあるいい子だったのにね」と不憫《ふびん》がる。

「正義感ねえ」私は興味なく応《こた》える。

「クラスで苛《いじ》められてる子がいたら、憤《いきどお》ってたし」

「おかげで、俺が苛められたけど」

「ああ、そうだったのかい」と母は目を丸くしたが、十年以上昔のことだからなのか、すぐに顔の強張《こわば》りを解いた。

「だいたいさ、正義なんて主観だからさ。そんなのを振りかざすのは、恐ろしいよ」

「おまえはいつも難しいことを言う」と父が苦笑した。

「だから、結婚できないのかね」母がまた言う。堂々巡りだ。二十七を過ぎたあたりから、父と母は結婚の話題を持ち出すようになった。近所に住む知り合いまでもが、見合い相手を見つけてきたが、片端から断っていたら、それも減った。確かに、周囲の友人たちも所帯を持ちはじめ、私自身、独身であることに、誇りと焦《あせ》りの混じった不思議な思いを感じている。

「おまえは、理想の女を追っているんだろ？　夢を見てるんだ」先日、会った大学の同級生は、糾弾するかのように、私に言った。彼はすでに結婚をし、一男一女の子供もいる。小学校の教師をしていた。

「そういうわけじゃない。大学で深夜過ぎまで研究をしている助手は、なかなか女性に会う機会がないんだ」

「言い訳だよ、そんなものは。出会いなんてな、じっとしていて、あるわけがないんだ。誰だっていいんだよ。とにかく、明日、職場に行って、最初に会った独身女性に、プロポーズをしてこい」酔った友人は無茶なことを言う。

「それなら、かなりの確率で、講義棟の窓口にいる、五十歳のおばさんだ」

「独身なのか？」

「離婚した」

「じゃあ、それだ」

「それ、とか言うなよ」友人が、私のことを思って、面白おかしく喋《しゃべ》っているのだとは理解しているものの、どこか億劫《おっくう》さを感じた。ふと、例の小説の冒頭、『僕の孤独が魚だとしたら』を思い出した。口に出して、友人に聞かせる。

私たちは文学部出身で、学生時代の課題でその本を読んだのだ。「懐《なつ》かしいな」と彼も言う。

途端に、学生時代に戻ったような感覚になり、あの教授はどうなった、あの友人はどうした、あの恋人同士は結婚した、結婚して離婚した、と喋り合った。

「そういや、あの小説を引用した、ロックバンドがいたの、覚えてるか？」友人が言ったのは、少ししてからだった。

「ロックバンド？」

「十年くらい前、俺たちが大学に入る前に」と言い、バンドの名前を口にした。「ちょうど、ロン・ウッドがストーンズに入った頃かな。いや、その前かな」

「知らないな」私はもともと、音楽に疎《うと》かった。「どういうバンドなんだよ」

「いいバンドだった」

「抽象的だなあ」

「人気なくて、解散しちゃったんだけど」彼は笑った。「俺は隠れファンだった」

「何で隠れてたんだよ。だから、解散したんだろ」

「初期のヴェルベット・アンダーグラウンドみたいな感じでさ。荒っぽくて、素気ないロックだよ。日本語をロックに乗せるっていうのを、いろいろなバンドが試していた頃だな。今から思えばパンクなんだが、ありゃまだ、パンクの出てくる前だった。早かったんだよ」友人はいつになく高揚した調子で、喋り方も滑らかだった。

「九州のほうで、威勢の良いバンドがたくさんいなかったっけ？」もちろん、私が詳細を知るはずもなくて、聞きかじりに過ぎない。せっかくだから話題に参加したかっただけだ。

「それはもう少し最近だ。十年前は、ほとんどなかった。で、そのバンド、レコードを三枚出して、解散したけど」

「ファンが隠れてなければ良かったのに」私は、まるで知らないそのバンドに同情を示した。「で、そのバンドが引用してたのか？　あの小説を」

「そうそう」友人はもともとの話題を思い出した。「最後のアルバムに収録されている曲でさ。小説の文章を引用してるのも変わっていたけれど、演奏途中で、音が切れるのが、一部で話題になった」

「音が？」不良品なのではないか、と私はまず思った。通りかかった男性店員にビールを追加注文する。「ビール承知しました。合点承知」と店員の威勢の良い返事がある。

「間奏ってのがあるだろ。それが急に途切れるんだ。音が消えて、一分くらいして、また曲がはじまる」

「それ、カセットテープの爪《つめ》を折ってなくて、上から何かを録音して、消しちゃった、とか？」

「レコードの段階からそうなんだよ」

「ビートルズにそういうのってなかったっけ？」

「アルバムの全曲がほとんど継ぎ目なく、繋《つな》がっていた、ってのはあるな」

「何のために間奏を中断したわけ？　実は音が聞こえないように思えるけど、犬にしか察知できない周波数の音が入ってるとか？」

「それもビートルズだ」

「何でもビートルズだ」

「そのバンドの、レコードのジャケットには、但《ただ》し書きがあったんだ。『曲中に無音の箇所がありますが、制作者の意図によるものです。ご了承ください』とかな」

「話題作りなのかな」

「だとしたら、失敗だな。話題にしたのは、一部の隠れファンだけだ。俺の勘では、たぶん録音ミスだ」友人はジョッキに口をつけ、首を曲げ、天井を眺めながらビールを飲み干す。「録《と》り直すのが面倒だったのか、金がなくて録り直せなかったのか、とにかく、そのまま、発売せざるをえなかったんじゃないか」

「そんな杜撰《ずさん》なやり方だから、解散しちゃうんだな」私は言い、テーブルの上の、空になった皿を重ねた。

「そうやって几帳面《きちようめん》に、居酒屋の食器を片付けている奴《やつ》はいつまで経《た》っても結婚できないぞ」

　うるさいな、と思いながら私は、ふと気紛《きまぐ》れで、「そのレコード、買ってみるかな」

と言った。

「俺がカセットテープを貸してやろうか？　部屋を探せば、出てくるかも」彼は一度、そう言いかけたのだけれどすぐに、「いや、自分で買いに行け。もしかすると、レコード屋で出会いがあるかもしれないぞ」と無責任に断言した。

「いったい、どういう出会いがあるんだ」

「おまえ、正義感が強いだろ」

「そうか？」思えば、そこでも言われたことになる。

「そうだよ。だから、レコード屋でレコードを盗む奴がいて、そいつを取り押さえたりして。お礼を言ってきた女性店員と仲良くなったりするかもしれない」

「俺は人並みに正義感はあるけれど、人並み以上に小心なんだよ」私は苦笑した。冗談めかしたが、それは事実だった。私はしばしば、自分のその臆病《おくびょう》に幻滅する。

数日後、休憩時間に大学を抜け出し、レコード屋に行き、友人から聞いたバンドのレコードを購入した。幾何学模様が重なり合ったジャケットは、抽象画のようで目新しかった。

レジに持っていくと店員が、私の差し出したレコードに目を留め、同志を前にしたかのように微笑《ほほえ》み、「このバンド、好きなんですか？」と目を輝かせた。

「ええ、まあ」と私は曖昧《あいまい》に返事をし、こういう風に人と親しくなるケースもあるのか、と驚いた。惜しむらくは、その店員が、私と同年代の男だったことだ。

溜息を吐き、ハンドルを切る。実家から仙台市内に戻るには二つほど峠を越えなければならない。右へ左へと忙しく湾曲した山道は、勾配《こうばい》のきつい箇所がいくつもあり、外灯もまともに整備されていないため、運転には気を使う。

ヘッドライトを遠くに向けるが、視界の大半は暗闇《くらやみ》だった。山に繁《しげ》る木々は輪郭もつかめず、ただの黒い壁のように感じられる。

カーステレオの再生ボタンを押した。すぐに飛び出した大音量に驚き、私はブレーキを踏む。ボリュームの摘《つま》みが動いていたらしい。

窓を開け放していたため、音楽が外に溢《あふ》れ出るようだった。ボリュームに手を伸ばし、音量を小さくしようとしたがそこではたと、この大きな音を響かせたまま、車を運転するのも悪くないか、と気が変わる。理由はない。ようするに、私も様々なことに対して鬱憤《うっぷん》が溜まっていたのかもしれない。

再び、アクセルを踏み込む。窓から吹き込んできた風が、体をさすった。

あっちに回し、こっちに回し、と慌《あわただ》しくハンドルを切りながら、私は流れてくる音楽に耳を傾ける。

『僕の孤独が魚だったなら』

何曲目かで、そのフレーズが飛び出した。友人が言っていたのはこれだ。あの小説の文章と同じだった。音量は大きいが、演奏が落ち着いているためなのか、声質が低いためなのか、不快感はない。いい曲だな、と思う一方で、この歌詞の著作権はどう処理されているのか、気にかかりもした。僕の孤独が、と口ずさむ。

静けさは唐突に訪れた。カーステレオからの音が急に止《や》んだのだ。こちらから発散していた大音量が止まっただけなのに、周囲が鳴りを潜めたかのような、車の外側からぴたっと膜を張られたかのような、感覚があった。

私は左手を伸ばし、ステレオの音量を調節するが何も聞こえない。故障したのか、と怪訝《けげん》に思う。あれ、おかしいな、と焦るが、少しして思い出した。これこそが、「間奏中の無音」というやつだ。なるほど唐突だ。

開け放したままの窓の外から、声が聞こえた。ステレオの音楽が消えたところだっただけに、異様にはっきりと耳に飛び込んできた。

大きくはないが、高い女性の声だ。言葉と言うよりは、短く上げた悲鳴に近い。

「え？」

ミラーに目をやるが、後続車両はいない。フロントライトの欠片《かけら》も見当たらない。耳をもう一度そばだてようとしたが、その時に、ステレオから音が鳴った。先ほどまでと同様の大音量で、ギターの音が車内に響く。驚きのあまり、鼓動が激しくなる。私はブレーキに足を置くと、ゆっくりと車を路肩に停車させた。鳴り続けるカーステレオを停止させた。山道の静寂だけが残る。

窓から顔を出し、右後方に目をやる。何も見えず、何も聞こえない。ただ、先ほど聞こえた悲鳴がとても生々しく感じられ、あれは騒々しい音楽のせいで耳が変調を来《きた》したのだとか、たまたまタイヤが踏んだ路上の屑《くず》が音を立てたのだとか、そういった考えに納得することができず、気づいた時にはシートベルトを外し、ドアを開け、飛び出していた。

風が強く吹き、目の前の木の枝を揺らす。私はその震動にたじろぎ、息を飲んだ。呼吸を整えた後で、周囲を見渡す。

ガードレールに囲まれた小さな山は鬱蒼《うっそう》とした闇を抱え込んでいる。私は輪郭の見えない獣を前にしている心持ちになる。姿はないが、毛むくじゃらの巨大な生き物が、どこかで待ち構えているのではないか、と。物音がまるでない。風で木々が揺れるが、それ以外、遠くに車が走っている気配もない。

悲鳴のようなものは何だったのだろう。自分の止めた車の後部を眺めながら、私は少しずつ車道を、来た道をなぞるように戻りはじめた。声を耳にした地点まで遡《さかのぼ》ってみようと思ったのだ。

「もし、あの悲鳴が本物なら、無視してよいものか」私の中の人並みの正義感が、私の内で、そう呟《つぶや》いている。

カーブを越えたところで、さすがにそろそろ引き上げようかと思った。家に帰ってからやるべきことを思い浮かべる。服を着替え、風呂《ふろ》に入り、缶ビールを飲み、眠り、朝が来れば出勤、そう考えると夜の車道を暢気《のんき》に歩いているのが時間の浪費に思えた。馬鹿《ばか》らしい、戻ろう。その時に、セダンが目に入った。

反対車線の、チェーンを着脱するためのエリアに、黒い車が停まっているのを発見した。消灯しているから、先ほど通り過ぎた時は気がつかなかったのだろう。

悲鳴を耳にしたのはこのあたりだな、と思いつつ、広い車道を横断し、車の側へと駆け寄った。

車には誰も乗っていない。助手席に、小さな女性用の鞄《かばん》が置かれ、後部座席には男物の革製のバッグがある。車のロックは解除されたままだった。私は顔を上げ、夜道をぐるりと見やる。

また、悲鳴が聞こえた。

鳥が鳴くような、もしくは、地面に缶が転がって立てる音に似た、一瞬の声だった。誰かがいる、と私は咄嗟《とつさ》に思い、そして臭《にお》いを嗅《か》いで進む犬さながらに、声のした方向を定めた。こっちだ、とガードレールを乗り越え、その先の、けもの道のようなところに足を踏み入れた。真っ暗で、進行方向の見当もつかない。目が少しずつ慣れてくるが、足元は覚束《おぼつか》ず、一歩踏み出すごとに、これは木にぶつかるぞ、と緊張した。

もう一度、悲鳴だ。と同時に、人の気配がある。数メートル先だ。私は睨《にら》むように目を細めた。人がさごそと、もがくように地面を這《は》っているのが、ぼんやりと見えた。輪郭が少しずつ、浮かび上がる。自分の鼓動がますます早くなる。

「どうしたんですか」

その、倒れている人影の全貌《ぜんぼう》が分からず、強《し》いて言うならそれは幾重にも伸びた足を持つ蜘蛛《くも》に見えたので、本当に人間であるのか、確信が持てなかった。生温い呼吸や小刻みの鼻息のようなものが艶《なまめ》かしさを漂わせた。折れた木を見誤っているのではないか、と半信半疑にもなる。

「助けて」と声が聞こえた。

私は反射的に、「あ」と言っている。「あ、はい」と間の抜けた返事をし、その瞬間に私は、その目前で転がる影は、二人の人間がもみあっているものなのだ、と分かった。仰向けに倒れた女性を、男が押さえ込んでいる。腕の数が多く見えたのは、二人分だからだろう。

女性が襲われている。頭では状況を理解したが、立ち尽くしたまま、動くことができない。雲が流れたのか、月が姿を現わし、その明るさによって、倒れている女性が浮き上がる。

彼女の苦しげな顔が見えるのとほぼ同時に、私は足元の木を拾い上げた。「何をしてるんだ」と震える声で言っていた。

女性に覆《おお》い被《かぶ》さる男が何者なのか、その腕力の強弱も判然としなかった。ただ、どこからどう見ても、二人が親密な関係には見えず、黙って見過ごすわけにはいかない、とその思いだけが自分の中にある。風で揺れる頭上の杉の葉のさざめきが気紛れで、私の正義感を揺り動かした、まさにそんな具合だ。

「おまえ、誰だ」鼻の穴を膨らませた男が向き直ったところで、私はつかんだ木を振った。

現在

『僕の勇気が魚だとしたら、そのあまりの巨大さと若さで、陽光の跳ね返った川面をさらに輝かせるだろう』

ハイジャック事件の起きる十分前、わたしは手元の文庫本に目をやり、その文章を読んでいた。家を出てくる際、父の書斎から勝手に引き抜いてきた一冊だった。名のみ知る作家だったが、巻末の解説を読むと、晩年を廃屋で過ごした変人であることが分かった。

「その作家、好きなんですか？」と隣から声をかけられた時、わたしは最初、それが自分に向けられた言葉だとは分からず、反応しなかった。

エコノミークラスの座席の、中央四人掛けシートの左端に座っている。声を発したのは、右隣の男性だった。

顔を上げるとそこに、髪を後ろにしばった、体格の良い男性の顔があった。「急に話しかけてすみません」

唇が薄く、目は細く、目尻《めじり》に笑い皺《じわ》が刻まれ、穏やかな雰囲気だ。鼻梁《びりょう》が高く、彫りが深い。わたしよりも頭一つは上の高さから、見下ろし、「その本、私も好きなんですよ」と言った。

「ああ」わたしは文庫本の表紙を、彼に見せる。「わたしは、好き、と言うわけでも」

警戒心があった。もしかすると、旅先の飛行機の中で、偶然隣り合わせになった女性と親しくなりたがっているのではないか、と勘ぐったのだ。自信過剰だ、考えすぎだ、と思いつつも、気を引き締める。東京でわたしの帰りを待つ、恋人の顔が浮かぶ。彼の言葉が頭を過《よ》ぎった。「麻美は、男を引き寄せるんだよ。近づいてくる男がいたら、無愛想にしてろよな。男ってのはさ、愛想良くされると、好意と勘違いするから」

その警戒心が顔に出てしまったのか、隣の男はすぐに、寂しげに口元を歪《ゆが》めた。

「いや、まだ、到着まで数時間あるから、だから、ちょっと話しかけてみただけなんですよ」と手を広げる。丸腰を主張するかのような仕草だ。

わたしは返事に困り、俯《うつむ》いた。申し訳ない気分になったが、謝るのも妙に思えた。

しばらく無言の間が続く。ぴん、と音が鳴り、シートベルト着用を指示する表示がついた。機長が、「気流が悪くて飛行機が揺れますが問題ありませんからね」という趣旨の、安心させたいのか、予防線を張りたいのか分からない台詞《せりふ》を口にした。

わたしは締めてあるシートベルトを確認し、閉じた文庫本をまた読み始めるべきかどうか、と短い間、逡巡《しゅんじゅん》した。意を決し、「旅行ですか?」と右隣の男性に訊《たず》ねた。

「そうなんですよ。帰りなんです」相手の男性は遠慮がちに話す。「島に、友人がいたので、そこで一週間ゆっくりとしていました」

わたしたちが乗っているのは、日本人で溢《あふ》れ返る南のリゾート地から、成田へと向かう飛行機だった。そのため、九割方が、団体旅行客や家族、夫婦、恋人など仲間同士で、わたしや隣の彼のように、個人での乗客は珍しかった。こちらも説明をしないわけにもいかず、「わたしは仕事だったんですよ」と話した。

「あの島で?」

「いえ、その隣の国なんです」わたしは国名を出す。「エンジニアたちの勉強会があって」

「エンジニアたちの勉強会?」

企業で使用する大型システムの、セキュリティを構築する仕事をしているのだ、と説明した。

「セキュリティというのは」

「たとえば、コンピューターに外部の人が侵入してくるとか、ウィルスの被害を受けるとか、そういうことが今はよくあって、それを防ぐシステムを作るんですよ」

「それの勉強会が、東南アジアで？」

「新しい技術とか情報の交換をするために、毎年あるみたいなんです。わたしも会社から派遣されて、今年、はじめて参加させられたんですけど」

「ネットとかって、やっぱり国際的なんですね」男性は感心の声を出した。その通りなんですよ、とわたしは返事をする。誇張や見栄《みえ》ではなかった。様々な業種の中でも、プログラムやネットワーク構築の技術は、国を越えた共通の事項がいくつもある。裏を返せば、世界中を巻き込んだトラブルも発生しうる、というわけだ。

「有意義でしたか」

「まあまあ、です」わたしが苦笑しながら言うと、男は、「本当に？」とこちらの気持ちを見透かすような言い方をする。

「いえ」わたしは微笑《ほほえ》む。「本当のことを言えば、わたし、人見知りもするし、英語も得意じゃないですし。緊張して、ほとんど訳が分かりませんでした」休み明けの出社で、同僚に報告することを考えると、陰鬱《いんうつ》な気持ちになった。

「どうしてわざわざ、あの島経由でこの飛行機に乗ったんですか？　直行便もあるんじゃ」

「実は、来月、あの島の教会で結婚式を挙げる予定なんですよ。ちょうど良かったので、下見に寄ってみたんです」

「ああ、結婚ですか、それはおめでとうございます」男のその反応は、取り繕うようでも、大袈裟《おおげさ》でもなく、ごく自然なものだったので、別にわたしを口説こうとしたわけではなかったのだと分かり、ほっとした。

彼は、瀬川、と名乗った。高校の教師になって二年目だという。わたしより年下なのか、と驚いた。体格は良いが、確かに、じっと眺めると幼さが滲《にじ》んでもいる。

「夏休みに大した予定もなくて、あとで生徒たちに馬鹿《ばか》にされるのも嫌ですから、島にでも行こうかと思いまして」と笑う彼には威厳こそなかったが、ゆったりとした余裕がたっぷりとあって、生徒には人気のある教師に違いないな、と想像できた。

「何の科目を教えているのですか?」体育ですか、とわたしが付け足すと、彼はまた目尻に皺を寄せた。「でかい身体《からだ》をしてますからね、よく勘違いされるんですよ」と快活に言う。「本当は、数学です」

「数学ですか」とわたしは答えながら、さて、そこからどう話題を広げていこうかしら、と頭を回転させた。

彼が先に、「笑える話をしてもいいですか」と口を開いた。

「笑える話?」

「滅多に人には言わないんですが、私の人生は下らなくて笑えるんですよ」

「そんなことは」ないでしょう、と反射的に弁護した。

「実はですね」彼はそこで表情を緩め、何を言うのかと思ったら、「私は正義の味方になりたかったんですよ」と言った。

「正義の味方?」

「いやあ、やっぱり、驚きますよね」

意表を突かれたのは事実だ。ただ、瀬川さん自身が照れ臭そうで、苦々しい口調だったので、胡散臭《うさんくさ》くは感じなかった。「親から、そうやって育てられたんですよ」

「正義の味方になるように、ですか?」

「変でしょう。笑えます」

「親の、期待が大きすぎですね」

「大きすぎです」と彼はまた、顔をしかめた。「中島敦の『弟子』っていう小説、知ってますか?」

「虎《とら》になるやつですか?」わたしがうろ覚えで答えると彼は、惜しいけど違います、と笑う。「そこにこういうことが書いてあるんですよ。大きな疑問がある。邪が栄えて、正が虐《しいた》げられるというありきたりの事実だ。悪は報いを受けると言うが、それは人間がいつかは破滅するという一般的な場合の一例に過ぎないのではないか。善人が勝利を得た、という例は、最近はほとんど聞かないじゃないか」

「そういう文があるんですか？」

「要約なんですが、そんな内容なんです」彼は自分で言ったにもかかわらず、恥ずかしそうで、後悔している様子でもあった。「父が、私に与えた本なのですが、それが昔から気になっていて」

「その言葉が？」

「その小説の舞台は、孔子の時代です。そんな昔から、『どうして悪が栄えて、正義が虐げられるのか』なんて嘆いているなんて、ぞっとしませんか。正義は昔から、叶《かな》わなかったんですよ。これってすごく馬鹿馬鹿しいし、悔しいですよね」瀬川さんは、わたしを見る、と言うよりはそれよりもずっと遠くの、それこそ別の時代に生きる何者かに同情するかのような眼差《まなざ》しになり、そのせいか、急に老成した様子に見えた。

「お父さんは、正義感の強い方だったんですか？」

「特にそうでも」と彼は噴き出した。「ごく普通の、常識ある男性です。ただ、母との出会いは、父の正義感が理由らしいです」

「あら、それは」

「母が酷《ひど》い目に遭いそうだったのを、父が助けたようで。でもまあ、だからと言って、息子を正義の味方にしようと思ったわけでもないんでしょうが」

「そうですよね」と相槌《あいづち》を打つ。「でも、正義の味方になれ、って言われても、サッカー選手とか弁護士とかと違って、漠然としているじゃないですか」

「普通は、正義の味方と言うと、弁護士とか警官とか消防士とか、そういった職業を思いつくものでしょうが、父は違ったんですよ」彼は疲れた声で、自嘲《じちょう》気味に言う。「父が言うには、大事なのは、職業や肩書きではなくて、準備だ、ということらしくて」

「準備？」

「強い肉体と、動じない心。それを身につける準備こそが必要だ、と」瀬川さんは大きな身体を縮こまらせ、恥じ入る姿になる。

すでに動じてるじゃないですか、とわたしが指摘をすると、破顔一笑した。「そうですね」と。「だいたい、正義って何のことか分かりません」

「あっちの正義がこっちでは悪ってことも多いですしね」

「争いは全部、正義のために起こるんですよ」

隣を客室乗務員の女性が通りがかり、「読みますか?」という顔で、手に持った雑誌をこちらに向けてくる。いつもであれば、飛行機内では必ず雑誌や新聞を手に取るのだけれど、今回はやめた。隣席の彼の話に興味があった。「でも、瀬川さんは本当に体格いいですよね」

「子供の頃から、筋力トレーニングばっかりで」彼は太い二の腕を、自分で叩《たた》きながら、苦笑する。「腕立て伏せとか、腹筋とかね。格闘技もやらされましたよ。柔道、剣道、キックボクシング、護身術」

「本当なんですか?」わたしはさすがに、疑いたくなった。それはすでに、誤った方向のスパルタ教育ではないか。

「子供の頃から鍛えられたせいか、もともと向いていたのか、おかげさまで、私もそれなりに格闘技が身につきました。喧嘩《けんか》には困りませんでした」

「勉強は?」

「勉強はほどほどで」と彼は片眉《かたまゆ》を上げた。「勉強よりも、禅修行でしたよ」

「禅修行?」

「穏やかにたゆたう川の流れのような、淀《よど》みもしなければ、暴れもしない、そういった心を得るために」

「得られたんですか？」

「さあ」と瀬川さんはそれこそ、穏やかな川のせせらぎのように、微笑んだ。

「何でこんなことをしなければいけないんだとか、抵抗とか、反発はなかったんですか？」

次から次に、疑問や興味が湧《わ》き、わたしは途中で、そうかこうやって時間を潰《つぶ》すために、彼はわざわざ突飛なことを口にしたのかもしれないな、と感じはじめてもいた。

「反抗心は、そりゃありましたよ、子供の頃は。不貞腐《ふてくさ》れて、よく怒ってました。でもね、肉体を鍛えて、自信を持つのは心地良くて。それは確かなんですよ。父の期待に応《こた》えるのは楽しかったし。禅修行で、反発する心も消えてしまって」

「洗脳じゃないですか」

彼はそこで大きく口を開け、嬉《うれ》しそうにうなずいた。「紙一重です」言葉とは裏腹に、後悔や恨みのようなものはどこにも見当たらない。ただ、少しばかり目つきを険しくしたかと思うと、「正義、という言葉は危険ですしね」とまた、洩《も》らした。「結局、私は、数学教師になったんですが」

「お父さんはがっかりされました？」

「いえ」彼は細い目をさらに細くする。「正義の味方は職業や肩書きではないので。それに、教師も悪くない」

また音が鳴り、シートベルト着用のライトが消えた。いつの間にか、機体も安定していた。機長がすかさず、「揺れは治まったけれど、シートベルトは着けててね」と脅しとも、依頼ともつかないアナウンスを発した。

わたしはもう一度、自信に溢れ、落ち着き払った隣席の瀬川さんを見る。この体で、格闘技にも長《た》けているとなれば、生徒相手に活躍しているに違いない。

「ちょっといいですか、トイレに」瀬川さんは腰を上げた。わたしは席から立ち、彼を通した。彼は通路を前方へと進み、壁の裏に姿を消した。

「面白い青年ですね」急に声をかけられ、わたしは慌《あわ》てて右手を向く。すると空席となった瀬川さんの座席の、さらに右隣に座った男が、こちらに顔を向け、微笑んでいた。薄くなった白髪頭《しらがあたま》で、細い顔つきの男性だった。「すみません。今の話が聞こえまして」と言う。

彼の右に座る女性もそこで、顔を覗《のぞ》かせた。「わたしたち、年取ってるのに、耳がいいのよ」

屈託なく、軽快な物言いには図々しさがなく、わたしは素直に、「そうですね、変わった人ですね」と答えた。「ええと、ご夫婦でご旅行ですか」

「そうなんですよ。お金が少し貯《た》まったので、今生の思い出に」老女の声は通りがよく、すっとわたしまで届く。

「悪いことをして貯めたお金ですが」と老人が、冗談のつもりなのか、笑った。

「この人と海外旅行なんて、結婚して五十年にもなるけど、はじめてだったから」

「五十年」わたしはその途方もない長さに感動しつつ、鸚鵡《おうむ》返《がえ》しにした。

「凄《すご》いよね。一人の男と五十年って、修行か刑罰だよ、まるで」

老人は、老女の話には耳を貸さないことにしているのか、「人生の充実ですよ」と顔の皺《しわ》を深くする。

「でも、ご夫婦で島に旅行だなんて、優雅でいいですね」

「優雅、まあ、そうだよねえ」

「今まで真面目《まじめ》に生きてきた、ご褒美《ほうび》ですかね」老人が言う。

「でも、今の、瀬川さんの話、お聞きになってどうでした?」わたしは、前方のトイレがある方向を眺め、まだ彼が戻ってこないのを確認してから、声を落とした。身体を右側に傾け、顔を彼らに近づけた。前の座席の人たちには話が聞こえているだろうな、とは思ったが構わない。

「正義の味方はいいですねえ」老人は愉快げで、隣の老女も、

「若い人はいいよね」と続けた。

「でも、本当ですかね。ちょっと信じられないですけど」

「あなた、なかなか可愛いから、男の子たちが自慢話と法螺話《ほらばなし》を持って、寄ってきそうだしね」老女が歯を見せた。「男の人は、とにかく、自慢で自分を飾るのが好きだし」

「そういう人、いますね」わたしはすぐに答えた。男性と知り合う機会の少ないわたしも、何人かの男性に言い寄られたことはあった。老女の言う通り、「俺は高級な車を持っているんだ」「高校サッカーで国立に行った」「私は、痴漢とかは絶対に許せないんだ」と自らの長所を声高に訴える者も多かった。しかも、実際、蓋《ふた》を開けてみると実状が違っていることがよくあり、そのたび彼らは、あの車は事業のために売ったんだ、であるとか、うちの高校はサッカー名門校だったからベンチ入りも難しかったんだ、であるとか、あの痴漢に注意してこっちまで巻き添えを食ったら馬鹿《ばか》らしいだろ、であるとか、言い訳をもごもごと喋《しゃべ》り、わたしを落胆させた。

「ただ、今の瀬川さんは、そういう雰囲気でもなかったですけど」

「正義の味方とは大きく出たもんです」老人が笑う。

「体格は良かったけどね」
わたしはそこで体勢を立て直し、もう一度、トイレのあたりを見やる。まだ、出てこない。少し手間取っているのかもしれない。彼は父親から、正義の味方のレッスンは受けても、便秘の対処法は習わなかったのだろうか。
それが起きた時、冗談かと思った。たぶん、機内にいた乗客の誰もが、客室乗務員
も、そうだったに違いない。
まず、前方で、甲高い悲鳴が聞こえた。顔を上げると、すぐ左側の通路を数メート
ル先に行ったあたり、ビジネスクラスへ通じる手前の座席から、男が立ち上がってい
た。長髪の男だった。自分の横にいた女性を引っ張り上げ、羽交い締めにしている。
わたしはきょとんとしてしまい、横を見ると、老夫婦もぽかんと口を開けていた。
「騒がないでくださーい！」今度は右前方から声が上がる。
わたしはびくっと体を震わせてしまう。近くにいるほかの乗客たちも身体を揺らし
た。まさか、という思いと、あれは、という妄想で、思考が止まる。
エコノミークラスは、わたしたちのいる四人掛けシートを挟んで、左右に通路があ
り、その両脇《りょうわき》に窓際《まどぎわ》のシートが設置されている。

右側の通路の先にいる男は、坊主刈《ぼうずが》りに近い髪型で、拳銃《けんじゅう》のようなものを握っていた。

わたしは、左右の通路上にそれぞれ立ったこの二人の男たちに、呆気《あっけ》に取られた。「嘘《うそ》でしょ」と誰かが言う。右側の拳銃を持った男が、「嘘じゃないっす」と大声で言った。何が可笑《おか》しいのか、げらげらと笑う。「みんな、注目しろよ。俺たちは本気ですよ。容赦なく、撃ちますからね」

短髪の男は、左側通路に立つ長髪の男に顎《あご》をしゃくった。「撃っていいよな？」と声をかける。

「ああ。撃つべきだ」女を羽交い締めにした長髪は答える。

二人の男たちは、わたしよりも年配に、三十代の半ばに見えたが、のっぺりとした青白い顔には血の巡りが感じられず、生気も乏しく幽霊じみていた。

「ちょっと、お客様」ビジネスクラスの座席のほうから、客室乗務員が駆け寄ってきた。「何をしているんですか」

席に座りなさい、と生徒を叱《しか》る先生のようでもあり、実際、その客室乗務員はベテランの風格もあったのだが、短髪の男がくるっと振り返り、彼女に銃口を向けると、足を止め、直立不動となった。「どうして拳銃を」

「あの島の空港、スタッフ用の出口を逆行すると、荷物検査しないで入れるんですよ。気をつけたほうがいいですよ」

そこで、「おまえたち、何をするつもりなんだ」と乗客の一人が大きな声を出した。誰が言ったのだ、とわたしは首を伸ばし、目を向ける。右前方、窓際に並ぶシートの端に座る男性だった。肩幅のあるジャケット姿だ。角刈りで貫禄《かんろく》があった。わたしからは、後頭部しか見えなかったが、座ったまま、目の前のハイジャック犯に指を向けているようだ。

わたしは息を飲む。度胸がある、と感心するよりも、大人しくしないと駄目ではないか、と萎縮《いしゆく》してしまうほうが先だった。

「いい質問ですねえ。惚《ほ》れ惚《ぼ》れします」短髪の男はどこまでが本気なのか分からないが、唇の両端を吊《つ》り上げた。「俺たちは何をしたいのか、それはですね」と右手の拳銃を客席にぐるっと振った。客が首をすくめ、一斉に呼吸を止める。わたしもぞっとした。「何もしたくないんですよね」

「そうそう」女を羽交い締めにした長髪の男も言う。「もう、何もしたくない。生きるのって面倒ですよね。面倒なことって、やりたくないじゃないですか。だから、生きるのをやめて、何もしないことにしようって決めたんです。ただ、それだとつまらないじゃないですか。せっかくだから、みんなも道連れにしたほうが面白いですよね」

「そう、道連れに」

「身勝手だ、勝手に死ねばいい」先ほどの強気の男性が、さらに言った。

「そうですね、勝手にさせてもらいます。許可は取りません。この飛行機を使って、いろいろ遊ぼうかな、とも思ってるんです。この女の人のこともこうして、勝手に抱きしめますし」長髪はそう言うと、女性の首筋に顔を近づけ、鼻をこするようにした。

「俺たちだけが冴《さ》えない死に方をするのって悔しいですよね。やっぱり」長髪が言う。

「女性を放せ」角刈りの乗客が立ち上がり、長髪の男に人差し指を伸ばした。

銃声が鳴った。

何人かの人間が、ひいっと悲鳴を上げた。最初は、エンジン音かジェット噴射の音ではないか、とも思えた。角刈りの男が呻《うめ》いている。膝《ひざ》を押さえて座席から、落ちそうになっていた。

「痛いんですよね？」短髪の犯人は眉を八の字にし、同情の表情を浮かべた。「拳銃で撃たれると痛いですよね？　恰好《かっこう》つけて、偉そうなこと言わないほうがいいです。脅しではなくて本当に撃ちますから。ほら、実際、撃ちましたよね。できれば撃ちたくないんです。まあ、結局は撃つんですけどね」

脚を撃たれた男が悶絶《もんぜつ》している。隣の女性が、おそらくは家族なのだろうが、顔を青くして寄り添っていた。

「困りましたね」老人が、わたしにそう言ってきた。言葉の割りに、困った様子がまるでないので、わたしはびっくりした。

「これもまた、人生の充実かしら」老女も顔を前に向け、口だけで言った。

これは充実とは程遠いですよ、とわたしは嘆きたくなるが、ただ、老夫婦は冗談で言っている様子もなく、かと言って、混乱でうわ言を洩らしているわけでもなさそうだった。

「あ、そこのお婆《ばあ》さん、何を喋ってるんですか」短髪の男は耳ざとかった。拳銃を、老女の額に向けたまま大股《おおまた》で近寄ってくる。

「いえ、何も。怖くて」老女はぶるぶると首を振り、自分の身体《からだ》を抱くようにした。多少、芝居がかっていたが、犯人は納得したかのように、「大丈夫ですよ、婆さん、どうせすぐ死ぬんだし、怖くないです。安心してください」と笑った。

年齢不詳だ、とわたしは改めて思った。近くで見る短髪の男は、明らかに中年の兆《きざ》しが見えているのに、あどけなさもたっぷりとあった。目がうつろだ。恍惚《こうこつ》としているのかもしれない。踵《きびす》を返し、男は前に戻る。

「みなさん、安心してください」左側通路、女を羽交い締めにした男は、甲高い声で言った。「大人しくしていれば、僕たちは」とそこで言葉を切り、乗客を見渡した後で、「全員、死ぬまで見届けますから」と続け、けたたましく笑った。「それに、僕たちは差別をしないですよ。ファーストクラスだろうが、ビジネスクラスだろうが、平等に扱います」

「俺たちの仲間、あっちにもいるから安心してください」短髪は自分の背後、ビジネスクラスへ続くカーテンに親指を向けた。

嘘ではないようだった。カーテンがあるため、ビジネスクラスの状況は見えなかったが、前方からも悲鳴が聞こえてきた。間違いなく、この二人以外にも犯人はいるのだ。

目的のないハイジャック、とわたしは思う。気づくと、膝の上に置いてあった文庫本を握っていた。『僕の勇気が魚だとしたら、そのあまりの巨大さと若さで、陽光の跳ね返った川面をさらに輝かせるだろう』

その一文が頭を過《よ》ぎる。

わたしの勇気、と内心で唱えてみる。東京にいる彼の顔が浮かび、死にたくない、と強く思った。屈辱的ではあったが、殺さないで、と犯人に許しを乞《こ》いたいほどだった。

瀬川さんが姿を見せたのは、その時だ。

犯人たちの背中側に位置するトイレのドアから、その大きな身体をのっそりと現わした。あ、こんな時に、とわたしは思ったが、そこからはまさに、あっという間の出来事だった。

まず瀬川さんは、拳銃を構える短髪の男の背後に近づき、右手を捻《ひね》り上げた。後ろを向こうとする男の顎を、瀬川さんは殴りつける。すると左側の通路にいる長髪のほうが、瀬川さんに拳銃を向け、女性を盾代わりにして、何か声を上げた。罵《のの》りの声のようだったが、わたしにはうまく聞き取れない。瀬川さんは迷うことなく、四人掛けシートを横切った。

宙を飛ぶように、だ。

その大きな身体で、どうしてそこまで軽やかにできるのだ、と目を疑ってしまったが、まず、端の席の肘掛《ひじか》けに乗ると、次に、座席の背もたれに手をかけ、ハードルを飛ぶ陸上選手さながらに、上半身を柔らかく畳み、乗客の上を軽々と飛び越え、狭い空間を横切り、反対側の通路へ降りた。

長髪男が拳銃を慌《あわただ》しく動かすよりも早く、右足を鞭《むち》のように振った。前にいる女性を飛び越し、後ろの犯人だけを狙《ねら》った、しなるような蹴《け》りだった。長髪の男はこめかみを蹴られて、横に倒れる。女性がその場にひざまずくと、瀬川さんはその女性を飛び越え、立ち上がろうとする長髪の男の顎を掌《てのひら》で叩《たた》いた。

瀬川さん、とわたしは思わず、声を上げそうになるが、彼は口元に指を当て、静かに、と指示を出してきた。その場にいる誰もが、瀬川さんを見つめていた。この大男は何者なのだ、と訝《いぶか》り、戸惑いつつ、指示通りに黙っている。

「この二人を、何かで縛っておいて」と瀬川さんは、周囲の乗客に囁《ささや》くように言った。

それから、わたしの座る場所まで歩いてくると、「トイレから出てきたら、こんなことになっていて、驚きました」と苦笑した。まるで驚いていなかったではないか、とわたしは指摘したくなるが、瀬川さんはさらに、「まだ、他にも犯人がいそうですよね」と唇に人差し指を当て、「そっちも、やっつけてきます」とビジネスクラスに目を向けた。

何と答えていいのか分からず、こくっとうなずくしかなかった。

「まさか、本当に発揮する時がくるとは」瀬川さんは肩をすくめた。呆《あき》れ顔で、目《め》尻《じり》に皺《しわ》を寄せた。

わたしの右手に座る、老夫婦が、手を叩《たた》くジェスチャーをした。「よ、正義の味方」

と小さな声で囃《はや》し立てる。

「では、行ってきます」瀬川さんは、わたしに背を向け、先へ行く。

あ、ありがとうございます。わたしはかすれる声でそう言った。

瀬川さんは首だけでこちらを見て、「礼なら、父に」と歯を見せた。

そして、ビジネスクラスへと姿を消していく。足音を立てないためなのか、ゆっくりとした歩き方で、軽率な様子は微塵《みじん》もなく、むしろ、訓練の成果を発揮する軍人のような着実さがあった。

「ああ、助かった」老女が背中を背もたれにつけた。まだ、助かったわけではないですよ、と言おうとしたが、けれど、右側の老人が、「これで助からないわけがない」と目を細め、視線を寄越してくると、「ですね」とわたしも答えていた。同感です。ハイジャック犯が計画を立てるずっと前から、瀬川さんの準備はできていたのだ。

三十数年前

「やってらんねえよ、あの、ぼっちゃんプロデューサー」亮二が声を荒らげたのは、俺たち四人がレコーディングスタジオを後にし、駅へ向かっている途中だった。夜の十時、高架路の下の、汚い道を歩いていた。

「あいつ、俺たちの音楽のこと、何にも分かってねえよ。だいたいさ、俺はね、トラックを重ねるのって好きじゃねえんだよ。ロックってのは一発録《ど》りでいいんだって。何が、ミキシングだよ」

「レコードってのは完成度が大事なんだし、谷さんには谷さんの考えがあるんだろ」俺は一応、四人の中での最年長、バンドのリーダーという役割上、なだめるほかない。

「もともとプロデューサーなんていらないのにさあ、繁樹、そうだろ?」亮二は、俺に向かって、充血した目を向けてくる。

「ただ、その、俺たちだけで作ったレコードがちっとも売れなかったんだから、岡崎さんだって、何らかの手は打ちたくなるだろ。谷さんをプロデューサーとして呼んだ気持ちも分からないでもない」言いながらも俺は、この優等生的な返事は何なのだ、と自分自身に嫌気が差す。「それに、いいアルバムに、いいプロデューサーはつきものだ」と自分に言い聞かせるように、継ぐ。

「繁樹さん」すぐ隣にいた五郎が言いづらそうに口を開いた。「今度のアルバム、谷さんに曲をアレンジしてもらって、それで売れるのかな？」

「分からない」俺はぶっきらぼうに、けれど正直に答えた。「岡崎さんはいけると踏んでる」

「岡崎さんはいい人で、恩人で、俺たちと音楽の好みも同じだけれど」五郎はそこで頬を引き攣《つ》らせ、「でも、売れるバンドに縁がないよ」とにべもない言い方をする。

「確かに」と俺は認める。

脇《わき》を歩いていた鉄夫も、「確かに」と囁《ささや》いた。

キャバレーで演奏をしていたアマチュアバンドの俺たちに声をかけ、プロデビューさせた岡崎さんは、威勢が良く、人情にもろく、熱意で人を説得するのに長《た》けていたが、彼の扱うバンドはことごとく売れず、以前勤めていた事務所でも、評価が高いとは言いがたかった。

はじめて、俺たちに会いに来た時、岡崎さんは名刺を出すが早いか、「ビートルズも解散したし、ヴェルベッツもおかしくなったし、ロックはやばいんだよ」と嘆いた。そして、ジャック・クリスピンのレコードが手に入らない、と饒舌《じょうぜつ》に語った。

それを聞いた時、俺たちは、「おお」と色めき立った。俺たちが敬愛するミュージシャンだったからだ。ビートルズやボブ・ディランに比べると、ジャック・クリスピンの知名度は低く、海外の音楽雑誌を英和辞典片手に読み、輸入されてくるレコードを必死に集め、それを何度も聴くのが精一杯だった。だから、その名前が、岡崎さんの口から出たことに感激した。

「グラムロックも嫌いじゃないけど、ちょっと違うんだ。おまえたちのほうが新しいと思うよ、俺は。ただ、理解されるのに時間がかかるかもな」岡崎さんはそう言った。「長い目で見るから、プロにならないか」

「岡崎さんもさ、いい加減だよ」亮二の怒りは続いた。「間違ってない、って言ってたくせに、谷みてえな奴《やつ》を呼んできてよ、それはすでに、今までが間違ってた、って言ってるようなもんじゃねえか」

「まあな」と俺は言い、その後に続ける言葉が思いつかず、黙る。

ただ、俺たちのバンドのマネージメントをするために、勤め先を辞めて独立し、ろくろくお金も入らないがために、飲食店でバイトをしながら生活していた岡崎さんのことを、ただのいい加減な親父《おやじ》とは切り捨てられないことくらいは、亮二も分かっていただろう。

今回、収録する十曲のうち、九曲は録り終えてあった。残りの一曲も、俺が歌詞を完成させれば録音に入れる状況で、だから、アルバム完成は間近だ。

「とりあえず、明日もちゃんと来いよ」駅前で最初に別れる亮二に、声をかける。舌打ちをしながら後ろを向いた彼の、ギターケースを担《かつ》いだ肩がすぼまって見えた。

残った俺たちは駅へと向かったが、少ししてから五郎が、「繁樹さん、俺たちはたぶんもう終わりだ」と言う。

ベースを肩に抱えた俺は足を止めた。ドラムスティックで宙を小刻みに叩《たた》いていた鉄夫も、同時に立ち止まる。

「終わりって何がだよ」

俺の頭の上では、電信柱についた外灯がじりじりと音を立てている。正面で顔を強《こわ》張《ば》らせる五郎のずっと向こうには、月がある。

「バンドが終わりってこと」

俺もバンドの置かれている状況くらいは理解していた。もともと、世間に歓迎されてデビューしたわけではなかった。ビートルズやストーンズの影響は依然として国内にあったが、ただ、一般的には、きらびやかなグラムロックや、優しく、穏やかなメロディ重視のフォークソングが流行《はや》りはじめていた。そんな中では、俺たちの演奏する騒がしい曲は疎《うと》まれるだけで、ライブハウスに足を運んでくる客がいたことはいたが、それが増えていく兆《きざ》しはどこにもない。

「俺、この間、聞いたんだよ」五郎が喋《しゃべ》りはじめた。今回のレコーディングが終わるまでは言わないつもりだったが言わずにはいられないんだ、と弁解もした。

「何を?」

「レコード会社の奴と岡崎さんがやり合ってんのを聞いたんだ。まあ、一方的に、向こうが喋ってただけだけど」

さっぱり売れない俺たちのことを、レコード会社がお荷物だと見做《みな》しつつあることは分かっていた。だから、「向こうは何て言ってたんだ」と訊《たず》ねつつも、おおよそ答えの予想はついた。鉄夫も同様だったらしく、「俺たちのバンドを切れって?」とぼそっと言った。

五郎が口を尖《とが》らせ、残念そうにうなずく。

「さっさと契約を切れ、って言ってた。才能がない奴らに金を出すのも限界だって」「才能のない奴ら」鉄夫がぼそっと言い、自分に人差し指を向け、そして、俺を指差す。

「岡崎さんは何て言ってたんだ？」

「『この一枚だけ』」五郎は深く息を吐き、ゆっくりと吸った。「岡崎さんはそう言うのが精一杯だった」

「最後の一枚か」鉄夫が呟《つぶや》く。

俺はその言葉に自分がさほどショックを受けていないことに、気づいた。覚悟していたのかもしれない。「でも、今度のアルバムが売れたら、レコード会社も考えが変わるかもな」

「繁樹さんだって分かってるくせに」五郎は口元をほころばせた。「次も売れないよ」

そうだな、と俺は喉《のど》まで出かかった。レコーディングした今度の曲はどれも、今までの曲調から大幅に変わるものではない。もちろん、デビューの頃から比べれば上達はしているし、確実に、曲の持つ雰囲気も深さを増している。自信作ではあった。ただ、「今までのが駄目で、今回のは売れる」理由や根拠は見当たらなかった。

「俺たちの曲は理解されない」五郎が自嘲《じちょう》気味に言った。「そして、何より厄介なのが」

「厄介なのが？」

「俺たちは、自分たちの音楽が正しいと信じてる」

「言えてるなあ」俺は感心するほかない。

「谷さんのアレンジで、万が一売れたとしてもさ、それはそれでごめんだよ」

返す言葉がなかった。

『僕の挫折《ざせつ》が魚だとしたら、そのあまりの悲痛さと滑稽《こっけい》さに、川にも海にも棲《す》み処《か》がなくなるだろう』

翌日、俺は電車の中で、その文章を読んだ。出入り口の横にギターケースを置き、それに寄りかかるような恰好《かっこう》で、立ちながら本を開いていた。車内は空《す》いていたが、座る気分にもなれない。忙《せわ》しなく小刻みに揺れる電車の振動が、ドアから俺の身体《からだ》に伝わってくる。

二年ほど前に買ったまま、書棚に差していた本だった。家を出る際、たまたま目に入ったので鞄《かばん》に入れてきたのだ。最初のうちは何度も目が文章を上滑りし、なかなか頭に入ってこなかったが、次第にその小説に入り込んだ。気取りとしか思えない、感嘆の言葉が連なるのには辟易《へきえき》させられたが、朴訥《ぼくとつ》とした主人公が、「俺は世界に見捨てられたわけじゃない」と強がり、成長していく姿には引き込まれた。気づくとメモ帳を取り出し、文章を抜き書きしていた。

スタジオに到着すると、岡崎さんはいつものごとく、黒いソファに寝転がっていた。「おはようさん」と俺を見上げ、挨拶《あいさつ》をしながら、むくっと起き上がった。

俺は昨晩の五郎の話、レコード会社と岡崎さんのやり取りの件を思い出す。慌《あわ》てて頭を振る。「五郎はまだですか」

コントロールルームのこちらから、スタジオの中を覗《のぞ》くと、亮二と鉄夫の姿は見えたが、五郎はいなかった。

「まだだ。いつものことだろ」と岡崎さんは時計を確認する。

「ねえ、繁樹君、歌詞、変えないよね？」ちょうどそこで、機材に向き合っていたプロデューサーの谷が、俺を振り返った。その背後には暗い顔をしたエンジニアが一人、座り、機材をいじくっている。

谷は前髪を垂らした、いまだに学生時代を謳歌《おうか》しているかのような、童顔の男だ。これで、俺たちより一回り年上だと言うから、おまえはその一回り、何をしていたのだ、とからかいたくもなる。「この期《ご》に及んで、歌詞を変えるなんてどうかと思うよ」

最後の一曲の歌詞について、俺はどうにも納得がいかず、最後の最後までもっと練りたいのだ、と主張していた。

「いや、やっぱり変えようと思います」

「嘘《うそ》でしょ」谷は嫌そうな顔をした。

俺はジーンズの尻《しり》ポケットに突っ込んでいた文庫本を取り出し、「岡崎さん、この本の文章を歌ったりしたらどう?」とページを開いた。

「本の文章?」

「ぴんと来たんだよ。小説の文章を、朗読とは違ってさ、メロディに乗せるとそれはそれで恰好いいような気がするし」電車の中で考え付いたアイディアを話した。

ふうん、と岡崎さんは言って、文庫本を手に取る。

「で、これがその文章をアレンジした、歌詞」電車の中で、俺がメモ帳に書き殴った詞を、岡崎さんに渡す。岡崎さんは俺が角を折ったページを読みながら、メモ帳も受け取る。

「あのさ、そういう文章、盗作したらまずいでしょ」谷が言う。

「盗作じゃねえよ。引用だよ、引用」と俺は言い返した。けれど、実際の法律上、どうなるのかまでは判断がつかない。

「どう?」

少ししてから岡崎さんは、「面白い」と顔を上げた。繊細さの欠片《かけら》も見当たらない大きな身体を揺すって、笑う。アマチュアバンドの俺たちを居酒屋に呼び、「好きなだけ食っていいぞ」と言った時の彼を思い出した。あの時の岡崎さんはまだ、大手事務所に所属していた。

その時、背後のドアが開き、五郎が姿を見せた。俺は、「遅えよ」と口を尖らせる。五郎は、俺と岡崎さんを順番に見てから、すっと目を逸《そ》らした。

「さっさとレコーディングやるよ」谷は面倒臭そうだった。

五郎は何も言わず、荷物をソファ脇に置いた。スタジオ内に目をやれば、ギターを担いだ亮二が、黙々と機材をいじっている。鉄夫もドラムセットの調整を終えた。

「おい、五郎、これ、できたての歌詞だ」岡崎さんが、俺の書いたメモを突き出す。

「やっぱり、変えるんだ?」散々、練習してきた歌詞を変更すると言っても、五郎はさほど怒らなかった。五郎自身も以前の歌詞には不満があったのかもしれない。メモを受け取り、目を通し、「へえ」と俺に目をくれた。「面白いじゃないですか、繁樹さん、これ」

そして、小声で歌い出す。

「盗作だ」俺は、谷を横目に下唇を出す。

「それ、使えるかどうか、権利のこととか調べてやろうか」岡崎さんが言った。

「まずさ、全員で合わせてやってみようよ」五郎が言う。

「知ってると思うけど、国会だってレコーディングだって、延長すればお金かかるんだからね」谷は、俺たちをしっしっと追い払う仕草を見せた。

「はいはい」と俺は立ち上がって、ドアへと進む。性格は悪いが結果は出す、というタイプの人間が世の中にはいる。谷はまさにそうだった。「テレビに出て、女性や子供の歓声を浴び、魂のこもらないギターを鳴らしたバンドもどき」と亮二はよく揶揄《やゆ》するが、そのバンドもどきの曲で次々とヒットを作り、レコードを爆発的に売っている。日本のロックの創成期だ、と業界では盛り上がっているが、その盛り上がりの一部は確実に、谷の功績のはずだった。

「最後の一曲か」五郎のこぼした言葉がコントロールルームにふわっと浮かぶのを背後に感じながら、スタジオに入る。

「これ、面白えよ、いい曲だよ。歌詞の乗り方がいいし、やっぱ、歌詞変えて正解じゃねえ?」何度か演奏を繰り返した後で、亮二がはしゃいだ。不満に苛立《いらだ》ちはしても、演奏が決まれば上機嫌になる。

ピックで弦を弾《はじ》き、アンプから電気の音が、ぶわん、と反響し、背中から伝わるドラムの爆発で、納得のいかないもやもやとした霧は吹き飛ぶ。左手の指が知らずに、次々と動き、身体が揺れる。ギターを弾く人間とは、たいがいそうだ。

俺も、つい先ほどまで自分で刻んでいたベースの響きが、自分の身体の内側でまだ残っていて、心地良い。

ドラムセットを前にした鉄夫が眉《まゆ》を上げる。

マイクスタンドを手で支えながら五郎も首を揺すった。手応《てごた》えを感じている顔つきだった。

コントロールルームからの指示が、つまり谷の声が、スタジオ内に聞こえてきた。「この曲、やっぱりテンポを遅くしたほうがいいと思う、僕は。ギターの音も抑えて。そのほうがいいよ。しみじみ聞かせよう」

俺たち四人はすぐに顔を見合わせ、言葉も発しないうちに意見の一致を見た。「ふざけんなよ」と亮二が怒鳴った。「しみじみさせて、どうすんだよ」

「できればウッドベースを重ねてもいいと思うし」と谷が言う。

亮二が舌打ちする。「ルー・リードの真似《まね》じゃねえか」

ガラス越しに見える谷の隣で、岡崎さんが頭を搔《か》いていた。

五郎がそこでおもむろにマイクに顔を戻して、「岡崎さん」と呼びかけた。「岡崎さんは、この曲、どう思います?」

仕切りの向こうの岡崎さんは名指しされると思っていなかったのか、不意を突かれた様子だった。

「岡崎さん、どうですか」五郎はもう一度、質問を繰り返した。

機材の前に座った谷が、横に立つ岡崎に視線をやった。よけいなこと言わないでくださいね、とその目が牽制《けんせい》している。

俺は、岡崎さんの肩幅の広い、熊《くま》さながらの身体をじっと眺めた。真面目《まじめ》な顔をした岡崎さんは、じっとこちらを見ていた。やがて、顔をくしゃっとさせ、「売れないな、これは」と言った。

俺たちは一斉に表情を緩める。言葉とは裏腹に岡崎さんは、両手を上に曲げ、親指を立てていたからだ。

「谷さん」俺はそこで決心した。「谷さんの提案に反抗するようで悪いんですけど、この曲はこのままでやらせてくれませんか」

谷の仏頂面《ぶっちょうづら》がさらに歪《ゆが》むのが分かる。「あのさ、そういう遊びでやってるんじゃないからね」と来た。「僕だって、どうにか売れるようにしなきゃいけないんだからさ」

「この曲は好きにやらせてください」

「だからさあ」谷の表情がさらに曇った。

「どうせ」五郎がそこで言った。「どうせ、これ、最後のレコーディングになるんだから、いいでしょ、岡崎さん。どうせ売れないよ」

谷が真っ黒の髪を掻き毟《むし》り、苦悩の表情を見せた。顎《あご》を前に突き出し、手元の煙草《たばこ》の箱に指を当て、荒っぽく叩《たた》いている。

岡崎さんが珍しくたじろいでいるのが、こちらからも分かった。大きくまばたきをした後で、まいったな、という顔になった。

コントロールルームからの音が一回、途切れた。ガラスの向こうで、岡崎さんと谷が言葉を交わしている。相談なのか検討なのか、二人は、厳しい顔つきで言い合いをしている。谷が唾《つば》を飛ばし、岡崎さんが大らかに答え、さらに提案をする。そういう応酬が窺《うかが》えた。

その間に、亮二が、俺のところに寄ってきた。足元のコードを跨《また》ぎながら、「これで最後ってどういうことだよ、繁樹」と言う。

「五郎が、レコード会社の話をこっそり聞いたらしい。このレコードで俺たちはクビだってよ」

「本当かよ」亮二は口をもごもごと動かす。「ライブはどうするんだよ」

「ライブはできるんじゃねえか。まあ、規模はずっと小さくなるだろうけど」

「でも、このレコードが売れたら、話は変わるだろ」亮二は、昨晩の俺と同じことを口にした。

「亮二も分かってると思うけど」と言ってやった。「売れねえよ」

「そりゃそうだな」亮二ならもっと怒るかと覚悟していたが、意外なことに、あっさりと納得するので拍子抜けをしてしまう。「売れない奴《やつ》を育てるほど、世の中、甘くないよな」

彼も覚悟はあったのかもしれない。

「今まで、良くやったほうだよ」俺は言う。

それを聞いていた五郎が、「上出来だったね」と呟く。

「おい、繁樹」コントロールルームから、岡崎さんが喋《しゃべ》りかけてきた。「谷さんが許してくれた。さっきと同じ演奏で行こう。ただ、おまえたちの言いなりってのも気に入らねえからな、俺からも提案だ」

「提案って何ですか」

「これが本当に最後のレコーディングだと思ってやれよ。やり直しはなしだ。せえの、でやって、それを録音する。一発録《ど》りで、一回きりだ」

「一発で？」俺と亮二の視線が合い、そこに、五郎の目も絡《から》んだ。四人の間の空気が少し熱を帯びたような気がした。設計図通りの部品を作るかのように、楽器ごとに演奏を何度も繰り返し、それを慎重に重ね合わせていく、というレコーディングのやり方が、俺たちの性には合っていなかった。缶詰を作っている気分になる。アマチュア時代と同じく、全員でライブ演奏をするかのように、生の演奏を録音するやり方をしたかった。だから、一発録り、の提案は嬉《うれ》しかった。

「正真正銘の一発録りだ」岡崎さんがさらに言った。「録り直さない。失敗できねえぞ」

　もしかすると、と俺は推測した。谷が機嫌を損ね、そこを岡崎さんが、「一回だけ録音してくれればいいから」と説得したのかもしれない。

「自信ないのか？」岡崎さんは挑戦的な言い方をする。

「おまえこそ、どんな演奏でも、責任持てよ」喧嘩《けんか》腰《ごし》ではあるが、亮二は亮二なりに奮い立っているのだろう、笑っていた。

「じゃあ、準備と覚悟ができたら、はじめろよ」岡崎さんは言った。

俺たちはお互いに顔を見合わせる。ドラムの鉄夫と二、三点、曲の流れについて確認をしたが、後はあまり言葉を発しなかった。

「さあ、やろうか」と五郎が言った。

俺は肩からかけたベースを見下ろし、左手でフレットをなぞる。準備運動するように、右手の指を細かく動かし、呼吸を整える。亮二がギターを構え、足を広げるのが見えた。五郎がスタンドからマイクを外し、鷲《わし》づかみにした。

俺は全員の表情を順繰りに見て、うなずく。鉄夫がスティックを叩き、カウントを取るのが聞こえる。亮二のギターが鳴るのと同時に、俺は右手の指で弦を叩く。

演奏しながら俺は、落ち着け、と自分に言い聞かせる。いつになく、自分がのめり込みそうになっているのが分かった。ベースからうねり出てくる低音が、自分の周囲に渦を作り、その中に自分自身が飲み込まれていく。音は次から次へと弾かれ、渦は絶えない。その渦が心地良く、冷静さを失いそうになる。

コードを鳴らす亮二のギターが疾走感を増し、そこに歯切れ良く、五郎の声が乗っていく。叫ぶこともなければ、舌足らずになることもなく、淡々とした低い声は、俺のベースと絡み合うようでもあった。ギターのカッティングが、スタジオ内の空気を綺麗《きれい》に刻む。こんなに鋭いカッティングをするギタリストなんて、本当に貴重だよな、もったいないよな、とぼんやりと思った。

『僕の孤独が魚だったなら、巨大さと獰猛《どうもう》さに、鯨でさえ逃げ出す。きっとそうだ』

その歌詞が頭を叩く。ここで演奏している俺たち自身が、時流から取り残され、獰猛な孤独に手を焼いている。その魚を消し去ろうと、俺は渦を作る。渦に飲まれろ、飲まれろよ、魚！　と思う。

サビを歌い終えた五郎の声が止《や》み、亮二のギターソロがはじまる。目立ったミスもなく、何よりも気持ちが乗っていて、順調だった。

「岡崎さん」と五郎がマイクに向かって言い出したので、俺はぎょっとした。演奏中で、録音中であるにもかかわらず、五郎が喋ったからだ。本番であるのを忘れたのか、と思った。

そこで中止することもできず、俺たちは演奏を続けた。亮二も目を丸くしているが、指は止めなかった。

「岡崎さん、これは誰かに届くのかなあ」五郎は歌うでも、嘆くでもなく、のんびりと言った。「なあ、誰か、聴いてるのかよ。今、このレコードを聴いてる奴、教えてくれよ」

俺からは、マイクを握った五郎の後ろ姿、かろうじて左の耳が見える程度だったから、どういう表情で喋っているのかは分からなかった。ただ、いつもの穏やかな口ぶりではあった。「これ、いい曲なのに、誰にも届かないのかよ、嘘《うそ》だろ。岡崎さん、誰に届くんだよ。俺たち全部やったよ。やりたいことやって、楽しかったけど、ここまでだった。届けよ、誰かに」五郎は言って、そして清々《すがすが》しい笑い声を上げた。「頼むから」

間奏が終わり、五郎は何事もなかったかのように、また、歌いはじめた。

「良かった」一回、コントロールルームに出た俺たちに対して、岡崎さんは満面の笑みを浮かべた。「いい演奏だった」

谷は無言だった。唇をきっと結んだまま、不機嫌そうに煙草をくわえている。

「おい、あの、独り言は何だよ。突然だったから、本当に驚いて、演奏どころじゃなくなった」亮二が、五郎の肩を突いた。「恥ずかしいこと言ってんじゃねえよ」と大袈裟《おおげさ》に鳥肌をこする真似をした。

「ああ」五郎も照れている。「何かさ、あんなにいい曲なのに、誰にも届かないと思ったら、つい愚痴ってた」

「愚痴なのかよ」亮二が笑う。

青臭いなあ、と谷が呟《つぶや》く。

俺はじっと、五郎の表情を眺めていた。変な奴だなあ、と思わずにはいられない。

「とにかくさ」谷が壁の時計を眺め、口を開いた。「さっきの、間奏部分、録音し直すから、休んだらすぐにはじめようよ」

「さすがに録り直していいんだな」亮二が声を高くした。

「当たり前だよ、あんな台詞《せりふ》を入れたまま発売できないし」

「いや、録り直さない」岡崎さんがそこで、堂々とした口調で割り込んだ。全員が、岡崎さんを見やる。五郎もきょとんとしていた。

「さっき言った通り、あの曲はあれで終わりだ。悪くない、と言うよりも、凄《すご》く良かった。あれより良くはならないさ」

「でもあの、こっ恥ずかしい、繊細な若者の主張、みたいのどうすんだ。五郎ちゃんの独り言」

「じゃあ、消そう」岡崎さんは即答する。胸板が厚いだけあって、自信満々に立つと、ひときわ大きく見える。「そこだけカットする」

「カット？　全部？」俺は意味が分からず、訊《たず》ねる。

「間奏をなくしちゃおう。いいじゃない」

「間奏なしか」

「なし、というよりは、無音にしてみるか」

「無音にする意味が分からねえよ」亮二が怒る。

「徐々に音を小さくして、無音になった後、また音を大きくする。そうすれば、さほど不自然ではないだろう」

「少なくとも、切って、繋《つな》ぐべきだ」

「いや」岡崎さんは悩む素振りもなく、言い切った。「五郎の叫びを誰かに届けたいじゃねえか。その音のない部分で、誰かが何かを感じるかもしれない。だろ」

「誰かが、五郎の気持ちを？」俺は眉をひそめる。

「そんなの、五郎のお袋ぐらいしか無理だろ」亮二が笑う。

「単に、変なことやりたいだけでしょ」無口な鉄夫がぼそっと言った。

「まあな」岡崎さんが大きく口を開けた。そして、ビートルズは犬にしか聞こえない周波数を使ったりしたじゃないか、とも続ける。

「あのさ」谷がすかさず反論する。「そういうのって、普通のバンドがやったら、稚拙に思われるだけだよ」

五郎は五郎で、自分の責任をようやく感じはじめたのか、「自分でぶち壊しておいて何だけど、やり直したほうがいい気がする」とおずおずと言った。

「ディランの、『ライク・ア・ローリング・ストーン』が出来たとき、レコード会社は何て言った？『六分間のシングルを出した奴なんていない』そうだろ？　で、どうなった？　ラジオ局には、『六分、全部を流せ』とリクエストが殺到した」

「そりゃ」俺は仕方がなく、他のメンバーを代表して正直に言う。「ディランだからだよ」

「そうそう」谷が、信じがたい、という顔で、煙草を灰皿に押し付けた。

「とにかく、大丈夫だ」岡崎さんは右手で鼻をこすり、きっぱりとこう言った。「どうせ、売れない」

レコーディングスタジオを出た後で、深夜まで駅前の居酒屋で過ごした。結局、最後の曲に関しては、改めて録音をせず、そのままで行くことになった。「知らないですよ、どうなっても」俺は責任をなすりつけるつもりでもなかったが、言った。

「まあ、大丈夫だ」ビールを飲みながら、岡崎さんは機嫌良く、鷹揚《おうよう》に言う。

「売れないから？」五郎が笑う。

「今はな。いずれ、分かってもらえるさ」と岡崎さんはうなずいた。そして、ふっと皺《しわ》の増えた真面目《まじめ》な顔になったかと思うと、深々と頭を下げた。

　急にどうしたのだ、と俺たちが目を丸くしていると、岡崎さんは、長い目で見ると言っていたくせに約束が果たせなさそうだ、申し訳ない、とはっきりとした声を出した。

　不意打ちだったので、俺たちはかなり、当惑した。リーダーである俺が何か言うべきなのだろうが、言葉が一つも浮かばない。

　すまない、と岡崎さんはまた言った。

「しょうがないっすよ」五郎が応じた。

「才能の問題だし」と鉄夫がうなずく。

「それにしても、あの谷は気に入らねえな」場の雰囲気を元に戻そうとしたのだろう、亮二がまた、柄の悪い言い方をする。「全然、分かってねえよ。俺たちのこと嫌いだからって、勝手なこと言いやがって」

　岡崎さんがそこで頭を上げた。そして、少し、言いよどむ間を見せた後で、「谷君は、おまえたちの音楽が好きだよ」と微笑《ほほえ》んだ。

「はあ?」俺たちは全員、声を発した。

「本当だよ。俺が、おまえたちの曲を好きでもない奴に、プロデュースを頼むと思うか？」岡崎さんが言い、俺たちは、「思い切り、そう思った」と返事をした。

「前に、電車の中で、谷君と会ったんだ。おまえたちのレコードを抱えてた。俺が、おまえたちと知り合いだとは思ってもいなかったらしくてな、『岡崎さん、このバンド、いいよ』と教えてくれたくらいだ」

「嘘だろ」亮二が顔をしかめた。

それが真実なのか、岡崎さんの作り話なのか、俺も分からない。

俺たちは少しの間、無言で、ぼんやりとした。ビールを飲み、枝豆を剝《む》く。

「結局、売れねえよ、あんなんじゃ」しばらくして、亮二が口を開いた。

「だなあ」岡崎さんは肩を揺すって笑った。「さすがの谷君の力でも無理だな」

俺たちは大笑いする。

「あの曲の名前は決めてあるのか？」岡崎さんがふと訊《き》いてきた。

いや、と俺は枝豆を齧《かじ》る。「何でもいいですよ。魚の話だから、『魚の歌』とでもしようか。『fish』でもいいし」

「英語で、『fish story』ってのは、ほら話のことだ」ずっと黙っていた鉄夫が枝豆の皿に手を伸ばしながら、言った。へえ、と俺たちが感心すると、英語くらい知っておいたほうがいい、と鉄夫が笑った。

「でもよ、おまえたちの曲はいつか認められるよ」時間が経《た》つと、岡崎さんの顔はますます赤らんで、目は据わりはじめる。

「岡崎さんが、うまく行く、って言うのはたいがい、うまく行きそうもないんだよな」と俺は茶化す。「だいたい、今日のあの曲の、間奏を無音にするなんて、絶対に文句が来ますよ。何だこれは、って」

「そうかあ？」岡崎さんはまるで気にしていない様子だった。「あれもいろいろ効果的だと思うがな」

「どんな効果があるんだよ」亮二が声を高くする。

「たとえばだ」岡崎さんはそう言ってから、慌《あわ》てて喩《たと》え話を探した。いつもそうやって行き当たりばったりなのだ。「たとえば、ある男性があの曲を聴いているとするだろ。場所はそうだな、喫茶店でいい。座って、目を瞑《つぶ》り、聴き入ってるわけだ。ただ、あの無音のところで、たまたま、女性の声が耳に入って、顔を上げる」

「何だよ、それ」五郎が呆《あき》れた。

「ちょうど、ウェイトレスが何か喋《しゃべ》った時で、男は急に声が聞こえたから、驚いて、はっとしたんだ」

「そして二人は見つめ合い、恋に落ちる。なんて言わねえよな?」亮二が声を荒らげる。

「二人はめでたく結婚したりして」俺は苦笑しつつ、話を合わせた。

「ほら」岡崎さんは豪快に笑う。「ほらな。つまり、おまえたちの曲も役に立った」

「それ、すでに音楽的な効果とは無関係じゃねえか」亮二の意見は鋭い。

「うるせえな、いいだろ。それで、だ。その結婚した二人にも子供ができるわけだ」

「まだ、続くわけですか」と五郎が髪をかき上げ、店員に焼き鳥を追加注文する。

「焼き鳥承知しました。合点承知」と店員が威勢の良い返事をしてくる。

「続くんだよ。で、その子供が偉い人になる。どうだ、凄《すご》いだろ」

「偉い人って、何ですか」俺が訊ねる。

「ノーベル賞とか取ったりするんだよ」

ノーベル賞って発想がすでに貧弱だ、と俺たちは、岡崎さんを批判した。

「うるせえな、とにかく、おまえたちの曲が回りまわって、世界のためになる。そういうこともありえるってことだよ」

「下らねえなあ」と俺がぽつりと言うと、「だよなあ」とみんなが声を合わせた。これじゃあ、風が吹けば桶屋《おけや》が儲《もう》かる、と同じだ、と。「だいたい、ノーベル賞とか、すでに、音楽とは無関係だしな」

「ほら話にもならない」鉄夫が声を上げた。

俺はそこで、畳に座っているメンバーの顔を順に眺め、酔いの回った岡崎さんを見た。そして、「失敗したと思ってる？」と訊ねた。「俺たちのためにさ、会社辞めて、マネージャーやってくれたわけだし、失敗した？」

酔った岡崎さんは首を真っ赤にしていたが、「失敗したな」とはっきりした声で言った。その途端、俺と亮二が不平を洩《も》らす。

「でも、しょうがねえよ」岡崎さんが続けた。「おまえたちのバンド、俺、すげえ好きだったんだから」

照れ臭かったわけではなかったが、俺は、「乾杯するかあ」とコップを掲げる。

何に乾杯するのだ、とどうでもいいことに全員がこだわったので、「谷さんに、ってことでいいんじゃねえの」といい加減に決めた。

十年後

ネットワークの専門家、という肩書きと、彼女の業績、それから写真で見た整った顔立ちから、橘麻美という女性は、理路整然とした、とっつきにくい相手とばかり思っていたので、会った時には、意外だった。

僕は、会社の応接室で彼女に取材を行っている。この何ヶ月かは同じ内容の取材ばかり受け、うんざりしているに違いないのに、彼女は穏やかに応対をしてくれた。

「結果的に、橘さんが世界を救ったようなものですよね」と言うと彼女は、「大袈裟《おおげさ》です」と俯《うつむ》いた。

「でも、橘さんがあの、ネットワークの欠陥を発見しなければ、大事になったはずです。僕が思うには、昔、想定していた二〇〇〇年問題の惨事のような、あんなトラブルが起きたんじゃないでしょうか」

「でも、あれは、ネットワークの欠陥というよりは、人為的な」

「ええ、仕組まれたものでした。だから、余計に危なかったじゃないですか」

インターネットが普及した現在、どの企業も、どの国も、各種通信ネットワークのセキュリティには神経質になっている。そのための、専門家も増えた。ただ、どんなに厳しく監視の目を光らせていても、その隙《すき》を突く者は現われる。時間をもてあまし、好奇心に満ち、挑戦の好きな人間が主要何ヶ国かの、交通機関や発電所のシステムに同時に侵入し、誤作動を起こさせる計画を立てていた。「面白そうだったから」ヨーロッパで捕まった彼らは、特別な思想や信仰に衝《つ》き動かされたのではなく、そう動機を口にした。「今の世の中は、たいがいのことをシステム任せで、人は排除していく傾向にあるから、システムを少し破壊すれば、たとえば、変数の一部を桁《けた》あふれさせるだけでも、大惨事が起きる。家の前でパソコンをいじくっているだけで、世界を混乱させられるなんて、面白いじゃないか」と。

信号機切り替えのシステムや、列車の運行管理のプログラムを手はじめに、ドミノのように被害が拡大していく計画を、彼らは立てていた。犯人たちは国籍もばらばらで、お互いに顔をあわせたことは一度もなかった。

橘麻美がいなければ、おそらく、多くの人間が、「面白そうだった」の犠牲になったはずだ。

彼女は海外の、携帯電話の中継基地システムの負荷試験を行っている際に、不自然な箇所を発見し、たまたま興味を抱き、一ヶ月の調査を自主的に行った末に、不審なアクセスを発見した。すぐにネット上のフォーラムで、調査内容を発表し、その結果、国や業種をまたがり、他のシステムにも類似事象が見つかった。

よく気づいたものだ、と専門家は褒め称《たた》えた。対処の迅速さに、多くのエンジニアたちが驚嘆したが、それ以上に、橘麻美の謙虚で丁寧な性格に感心した。仮に、自慢話を披露するかのような、見下した態度を取られていたら、他の者たちは協力する気になれなかったのではないか、と。

「あまり一般の人には知られていませんが、橘さんがいなかったら、本当に、今頃みんなどうなっていたか分からないですよ」と僕はお世辞ではなく、そう言った。

すると彼女はまた、居心地悪そうに笑ったが、「それを言うなら」と続けた。「わたし、十年ほど前に、ハイジャックに遭遇したことがあるんですよ」

僕は前のめりになる。「何ですか、それは」

反射的に、ICレコーダーのスイッチは入っているよな、と目で確認する。

「冗談ではなくて、わたしたちはみんな、あれで死んでたかもしれません。自暴自棄の、無目的の犯人たちでしたから。でも、それを助けてくれた人がいるんですよ」

それから彼女は、たった一人で犯人達をばったばったと倒した男の活躍について話してくれた。僕は眉《まゆ》に唾《つば》を塗る思いで、それを聞く。

「では、その人は、世界を救った橘さんを、救ったわけですね」僕は言いながら、手元の紙に、ハイジャック、と書き記す。これを記事のどのあたりに挿入すべきか、と頭の中でレイアウトを組み直しはじめる。本筋と関係がないから、没にされてしまうかな、と心配も過《よ》ぎった。

「お礼は、その人のお父さんに」彼女はそう言ったが、僕には意味が分からなかった。とりあえずの愛想笑いを浮かべ、ああそうですか、と曖昧《あいまい》な相槌《あいづち》を打った。

ポテチ

1

今村が床に尻《しり》をつき、ソファにもたれ、漫画本を読んでいる。大西は一通り、部屋の様子を見てきたところだった。「何しているわけ」

「漫画を読んでいるんだよ」今村は視線を上げもしない。横に漫画作品の全巻が塔のように積んであった。

「いつの間に持ってきたわけ」

「そこから」今村は視線を落としたままで、指だけを居間の棚に向けた。恋人をマンションに連れてきて、自分は漫画を読んでいるとは何事だ、となじろうとも思ったが、やめた。

窓際《まどぎわ》の隅、横長のテレビではプロ野球のナイター中継が流れている。夜の七時で、試合は二回の裏だった。地元仙台を本拠地とするセ・リーグ球団と、関西のチームとの三連戦、第二試合だった。例年は最下位争いに甘んじている地元球団だったが、今年はどういうわけか好調で、現在も四連勝中だ。先発投手の背中にも心なしか自信が漲《みなぎ》っている。

ベンチをカメラが映す。監督の長い顔が見えた。眉間《みけん》に皺《しわ》を寄せ、太い眉《まゆ》に大きな鼻、えらの張った輪郭は迫力がある。達磨《だるま》のような体型は愛嬌《あいきょう》があると評判だったが、選手時代から女性関係の噂《うわさ》が絶えない女好きで、大西は嫌いだった。

ベンチの奥に、尾崎選手の姿が見えないだろうか、と目を凝らすが、カメラには映っていなかった。

「それ、全部読むつもりじゃないだろうね」厳しい目を、漫画を読む今村に向けると、「やっぱり駄目かな」と返事がある。

「わたしはね、君が働いてるところを見たいわけ。念のため聞くけど、そのだらしない恰好《かっこう》で漫画を読んでるのは、仕事の一環じゃないよね」

少しパーマのかかった髪をした今村は怒るでもなく、困るでもなく、漫画本からようやく顔を上げ、「違うに決まってるよ」とのんびりと答える。

「そんなにくつろいで、何かあったらどうするわけ」

「大丈夫だって。まだ試合中なんだし」

一年前から同棲《どうせい》している大西にしてみれば、その、「堂々とした暢気《のんき》さ」とでもいう反応は今村らしくはあったが、やはり腹立たしい。溜息《ためいき》をつき、「いいよ、わたし、あっちの部屋に行くから」と居間から寝室へと続くドアを指差した。

「俺もすぐに行くから」今村はまた、漫画の世界へと戻っていこうとする。

「初めて読むわけでもあるまいし」大西は嫌味を込め、言った。今村の読んでいるその、双子の兄弟と幼馴染《おさななじ》みとの恋愛を描いた、高校野球の漫画は、とても有名な作品だった。

「え、これって有名なの？」

「え、読んだことないの？」

「知らないよ」

「嘘《うそ》」大西は驚いた。すぐその後で名案を思いつき、「あ、言っておくけど、その双子の弟、そのうち、事故で死ぬから」と大切なあらすじをわざと言った。

そんなことあるはずないよ、つまらない嘘だなあ、と今村は頁《ページ》をめくる。こんなに元気なのに死ぬはずがないじゃないか、と。

「で、お兄ちゃんがかわりに甲子園を目指すよ」

「あるわけない」今村が噴き出す。「こんなに駄目な兄貴、野球できるわけないじゃんか」

大西はそれについては特に何も言わず、寝室へ入った。八畳ほどの部屋の真ん中に、大きめのベッドがある。落ち着いた雰囲気で、壁にはクローゼットが設置されている。入り口脇《わき》には棚もあり、その上にさまざまな写真が額に入り、並んでいた。ひとつひとつを見る。

寝室の電話が鳴ったのは、その時だ。軽やかな電子音が響き、大西は柄にもなく短い悲鳴を上げてしまった。ベッドの頭のところに置かれた、子機電話がちかちかと光りながら、音を鳴らしている。

大西は先ほどよりもゆっくりと、音を立てぬように足の出し方に気を配りながら、居間に顔を出す。今村はソファに寄りかかったままではあったが、サイドボードの上で鳴る電話機をじっと見つめていた。

やがて、別の機械的な響きがあり、留守番電話が応対をはじめた。今村がリモコンをいじり、テレビの音量を消す。

メッセージをどうぞ、という音声がして、ぴーっと長い音が響く。大西は耳を澄ます。声は聞こえてこなかった。無言のまま、電話が切れる。

今村を見ると、彼も目を丸くし、電話機と大西を交互に眺めた。「前にも似たようなことがあったんだけどさ」と話しはじめた。

2

一年前、今村は仙台市内の西郊にある、新築マンションの一室にいた。夜の十一時過ぎで、電気もつけていなかったため、室内はかなり暗かったのだが、目はずいぶん慣れてきていた。

今村が洗面台の下の棚を開け、中を覗《のぞ》き込んでいると後ろから、「おいおい」と声をかけられた。「何やってんだよ」

「ああ、親分」首を上げ、今村は笑う。「金目の物がないか、探してたんですよ」

「あのな、独身男が金を洗面所に隠すと思うのか?」廊下のところで、懐中電灯を持った中村が苦笑した。「それから、毎回言ってるけどな、親分って呼ぶなよ」

「何でですか」立ち上がり、膝《ひざ》の埃《ほこり》を手で払う。

「今はもう、二十一世紀だぞ。親分はねえだろう」

「前に黒澤さんにも、空き巣にそういう役職はない、とか言われました」

「あいつの言うことは結構、正しいんだよ」丸顔で人の良さそうな円《つぶ》らな目をした中村が顔をしかめる。口元の髭《ひげ》が動いた。空き巣はやっぱり髭を生やしてないと、らしくないよな、という理屈で生やしている髭だ。

「じゃあ、何と呼べばいいんですかね」今村は訊《たず》ねる。

「中村さんでいいよ、中村さんで」

「でもそれじゃあ馴《な》れ馴れしくないですか。友達じゃないんですし。中村課長とか」

「何課なんだよ」

「空き巣課とか」

「良くないだろ」

「じゃあ、専務」

「中村専務かあ」

「いいじゃないですか」今村は目を輝かせ、強くうなずく。「会社みたいですよ」

「はじめまして、中村専務です」中村が真顔で、自己紹介めいた挨拶《あいさつ》をする。

今村は手を叩《たた》いた。「いいですよ。新しい感じがしますよ」

「そうか」中村は照れ臭そうにした。

二人で廊下を進み、突き当たりの居間へと出た。二十畳近くはありそうな広さと、白と黒で統一された家具の並びを目の当《ま》たりにすると今村は、「何か、気取った部屋っすね」と言わずにはいられなかった。

を丸くする。

「女から金を貢《みつ》いでもらって、こんな部屋に住めるんだから贅沢《ぜいたく》なもんだよなあ」

「こういう結婚詐欺《さぎ》みたいな奴《やつ》って捕まらないんですかね」今村は巨大なテレビに目

を丸くする。

「こういう輩《やから》は、『この程度で詐欺って言われたら、恋愛なんてできないですよ』と

か言ってだな、とぼけるに決まってんだ。法律が裁くには難しいのかもな」

「だから俺たちが法律に代わって、罰を与えるってわけですか」

「そうだな。これは単なる金目当ての空き巣じゃなくて、悪人を懲《こ》らしめるための空

き巣だな」中村が満足そうに言う。

「さすが、中村専務」今村は心が浮き立つのを感じた。単に空き巣に入っている、と

いうよりは、法律に代わって罰を与えに来ている、というほうがずいぶん、良い。

「あ、それで、通帳とかありましたか」

「見つからない」中村は自分の確認した棚や引き出しを指差した。「あのあたりは全

部、見たんだが」

そこで電話が鳴った。今村は、中村と顔を見合わせ、眉間《みけん》に皺《しわ》を寄せた。中村がオ

ープンキッチンのカウンターへ、懐中電灯の灯りを向ける。白と黒の模様をした電話

機が暗闇《くらやみ》の中で、小さく光っていた。

今村たちはじっとそれを見つめた。嫌な兆候でなければいい、と祈る思いだった。ほどなく留守番電話に切り替わり、機械が、「ただいま留守です」と応対をはじめた。

メッセージを吹き込みはじめたのは、女性だった。少し早口の女性の声が、「ねえ、いないわけ？　まあ、いない時間を狙《ねら》ってかけたんだけど。わたしね、もう面倒だし死ぬことにしたから。飛び降りちゃうから。しかも、あなたのこと、遺書に書いてあるよ」ととうとうと述べる。

「おいおい」と中村が言いながら、「落ち着けよ」と電話機に向かって、ささやいた。

今村も声をひそめ、「冷静に冷静に」と続ける。

「女を弄《もてあそ》びやがって、この糞男《くそおとこ》。ぶっとばすよ」女の声は叫び、電話は切れた。自分に非難の矛先を向けられたかのような思いで、今村は両手で胸を押さえた。見れば、中村も似た恰好《かっこう》をしている。

「親分、何だろう、これ」

「ここの家の男の、付き合っていた女とかじゃねえのか」中村が髭の口をゆがめて、言う。

「飛び降りちゃうんですかね」今村は恐る恐る電話機に近づく。「ずいぶん、落ち着いてる声でしたけど」

「そうだったな」

「死なないですよね」今村は頬を引き攣《つ》らせた。「っていうか、この留守電の女が死んだって俺たちには無関係ですよね」

中村は強く、うなずく。「よし」と言った。「よし、忘れよう」

「ええ、忘れましょう」

けれど、中村も今村もその場から動くことが、なかなかできなかった。二人でぼんやりと暗いままの電話機を眺めた。ずいぶん経《た》った後で今村は電話機に近寄り、「今の着信の番号にかけなおしてみますか?」と中村の顔を見た。

「してみるか」

電話機を操作し、着信電話番号を見つけ出す。急いでボタンを押し、受話器を持ち上げる。呼び出し音を耳にしながら今村は、「もう、死んじゃったんですかね」と小声で言う。

「死んじゃった、って何よ!」女の声が突然、耳に飛び込んできた。今村は、ひいっと悲鳴を上げ、一度、受話器を落とした。すぐに拾う。「今どこ?」

「どこだっていいじゃない。今頃、心配したって無駄だからね。わたしはもう死ぬから」

「どうして」

「あなたのせいに決まってるじゃない」

「そんな馬鹿《ばか》な」今村は反射的に答えていた。「俺のせいでは絶対ない、絶対」

「責任逃れするなよ。ぶっとばすよ」女は威勢良く、怒った。

今村は、こんなに元気な人が飛び降りるわけがないぞ、と疑問に思いつつ、「今どこ」と再度確かめた。

「ビルの上。屋上。じゃあね、飛び降りるから」

「ちょっと待って」今村は、相手に電話を切らせまいと必死だった。「今からそっち行くから。まだ飛び降りないでよ。どこにいるんだよ」

「何」女は鼻で笑う様子でもあった。「いつになく、一生懸命じゃない。やっぱり、遺書ってのに、びびったわけ」

「どこ」

「教えないよ、そんなの」

「今から行くから」今村は髪の毛を強く搔《か》き毟《むし》った。女の高所から見下してくるかのような口調に苛立《いらだ》ちながらも、本当に死なれたら堪《た》まらないな、と焦《あせ》っていた。気づいた時には、「キリン乗ってくから！」と口走っていた。「キリンに乗ってくから、場所教えて」と。

女が無言になった。おい、と隣の中村が目を丸くしている。おい、大丈夫か、とささめく。

「キリンに乗って、そっち行くよ」

「はあ?」

「見たいだろ。俺なら見たいよ。仙台の街のそのビルの屋上に、キリンだよ。俺なら見てから死ぬね」

「嘘《うそ》ばっか」女がまた騒ぎ出した。「あんた、馬鹿じゃないの」

「嘘だと思うのは簡単だけど、いいわけ? キリンに乗って俺がそっちに行くの、見ないで死ぬわけ?」今村は、自分の頭に血が多く流れ込み、すでに冷静さが失われていることに気づいていたが、口は止まらなかった。「見てから死にゃいいのに」

キリンと来たか、と中村がぼそっとこぼすのが聞こえた。

「キリン、乗ってないじゃん」女は屋上のフェンスの手前に立って、今村をなじった。

「というか、あんた誰!」

「俺は今村と言って」

「聞いてないってば」

「聞いたじゃないか」

女は肩に少しかかる長さの髪を緩く巻いていた。細身で、白いシャツに黒のパンツを穿《は》いている。鞄《かばん》も何も持たず、携帯電話をつかんでいるだけだ。

十階建てのマンション、その屋上だった。道を挟んだ正面に、電機メーカーの大きな電飾広告があって、わずらわしいくらいに、今村たちを照らしている。

「キリンはいないけどさ」今村は、フェンス脇《わき》にいる彼女に近づいていく。

「近づいてきたら、飛ぶよ」

「ちょっと」今村は慌《あわ》てて、「むかつく男のために死ぬなんて、馬鹿らしいじゃないか」と足を止める。

「あのさ、あんた誰なの？」

「誰、と言われても困るんだけど」

「あんたなんかに、わたしの気持ちが分かるわけないでしょ。ぶっとばすよ」

「ぶっとばす元気がある人が死んじゃ駄目だって」

「あのさ、関係ない人がお節介焼かないでよ。何で死んだら、駄目なの？　説得してみせてよ」

どうして自分が叱《しか》られなくてはならないのか、今村には理由がまったく分からなかったが、とりあえずは、「親御さんが悲しむよ」と当たり障《さわ》りのない、正論と思《おぼ》しき答えを口にしてみた。

彼女は、げえっ、と嘔吐《おうと》の真似《まね》をした。「わたしの親なんて、わたしが生きていようが死んでいようが、気にしないって」

「じゃあ、死んだら駄目な理由その二」今村は面倒臭くて、すでに駆けつけてきたことを後悔しつつあった。「ここで死なれたら、気分が悪い」

「気分が悪いって誰の」

「そりゃ、俺の気分が」

「じゃあ帰ってから、死ぬから」

「それはそれで気分が悪いって」

「気分って誰の」

「そりゃ、俺の」

二人で距離を開けたまま言い合いをしばらく続けたが、そのうち女が大きく溜息《ためいき》をついた。「とにかくね、わたしはもう飛び降りるから。キリンもいないし。じゃあね」ともう一度フェンスに近づいた。

「飛び降りたら大丈夫、と思っていると大間違いだよ」今村はそこで不適な微笑《ほほえ》みを浮かべる。

「大丈夫、の意味合いがよく分からないけど」

「俺の親分が、このマンションの下で待ち構えているんだ」

「待ち構えてるってどういうこと」女はフェンスの下を確かめるように背伸びをした。

「君が落ちたら、キャッチするんだよ。残念だけど」

女は呆然《ぼうぜん》とし、目を大きく開けた。「キャッチ？　十階から落ちた人間を？　その人、スーパーマンか何か？」

「スーパーマン？」今村は噴き出した。「子供じゃないんだから、何を馬鹿なこと言ってるんだよ。俺の親分は普通の中年の男だって」

「落ちたわたしを、その普通の中年男がキャッチするつもりなの？」女は目を白黒させた。「無事なわけないじゃん」

「大丈夫」

「適当に言わないでよ。何で、わたしが最期《さいご》の最期に、見も知らない中年男にぶつかって死なないといけないわけ？　ぶっとばすよ」

「親分は高校球児だったんだって。しかもポジション、外野だし」

「だから何？」

「フライを捕るのは得意中の得意なんだって。小さいボールを捕るのに比べたら、君を捕るなんてね、余裕だよ余裕。余裕過ぎるよ」

「それとこれとはぜんぜん、違う」

「たいがい補欠だったらしいけど」

「補欠なのかよ！」女がすぐさま怒鳴って、その場にへたり込んだ。「もうどうでもいいや」

3

というわけで結局、その女性は自殺を思いとどまったんだよな、と今村が漫画本を床に置き、得意げに言った。「俺のおかげで」

「あのさ、それって、わたしのことだよね」大西は、自分と初めて会った時の話を延々としていた今村に、怒りを感じる以上に驚いていた。「話してくれなくても知ってるんだけど」

一年前のその自殺騒動の結果、大西は、今村と同棲《どうせい》をはじめることとなった。

「だってさあ、あまりに俺への感謝の気持ちが感じられないから、てっきり忘れてるのかと思って」今村はやはり長閑《のどか》な口調だ。「俺がいなかったら、若葉さんは死んでたんだよ」

「死んだって良かったのに、君が邪魔するからだよ」大西は言ったが、人の家で口論している場合でもあるまい、と思った。「そんなことよりも、さっさとお金になりそうなものを探して、帰ろうよ。これじゃあまるで、漫画を読みに来ただけじゃない」

「慌《あわ》てなくても平気だって」今村はリモコンに触れ、再び、テレビの音量を戻した。野球中継がつづいている。三回の裏、四対〇で地元球団がリードしていた。「まだ野球やってるんだし」

「でもさ、尾崎って補欠なんでしょ。家に帰ってくるかもしれない」大西はテレビの上の、小さな写真立てに目をやる。バットを持った尾崎が白い歯を見せ、写っている。

「控えだけど、一軍登録されてるんだから、試合中は球場にいるよ。まだ、帰ってこないって」

「だからって、ここでくつろぐ意味もないでしょ」

最初の出会い方が出会い方であっただけに、今村が空き巣をしていることは知っていたが、その仕事に一緒についてきたのは、はじめてのことだった。いつもは、彼が呼ぶところの「親分」、つまりは中村がいるに違いないのだが、どういう気紛《きまぐ》れからなのか今晩に限って今村は、「今日は、若葉さん、一緒に来ない？」と誘ってきたのだった。

たまには同棲相手の仕事ぶりを見るのも悪くないか、と大西は判断し、それは単に前日の夜、今村には内緒で別の男性と食事に出かけていたことに対する後ろめたさから、ということでもあるのだが、とにかく、誘われるがままについてきた。

狙《ねら》う先が、プロ野球選手の尾崎のマンション、ということは、来る道すがらの車中で聞いた。

「試合中は留守だろ。だから、安心して侵入できる」今村は嬉《うれ》しそうだった。

「その尾崎って選手、お金持ってるわけ？」ハンドルを回しながら大西が訊《たず》ねる。

「え、尾崎、知らないの」と助手席で今村は拍子抜けの声を発した。「地元仙台のスラッガーなのに」

「有名なわけ？」

「甲子園で大活躍したよ。準々決勝で負けたけど、ホームランも五本打ったし」

「今は？」

「今は補欠」

「じゃあ、駄目じゃん」大西は即座に笑った。君の周囲には、補欠ばかりが集まるのか、と言いたくもなる。「年俸低いんでしょ」

「でも、チーム入団二年目に首位打者獲《と》ってるからさ、トロフィーとかあるかもしれないよ」

「首位打者ってトロフィーもらえるの？」

「知らないよ」

「トロフィーあったら、お金になるの？」

「知らないよ」

　あまり物事を深いところまで考えず、空気の流れに身を任せるが如《ごと》く行動するのはいつものことであるから、今村の返答には大西も驚かなかったが、実際に尾崎の部屋に侵入し、中に入った後で、ほとんど家捜しをせず、のんびりと漫画を読み耽《ふけ》っていたのにはさすがに当惑した。

「だって、来てみたらあんまり金目の物、ありそうもなくてさ。トロフィーもないし」と今村は拗《す》ねるように弁解したが、大西がむっとしている気配を察したのか、「じゃあ、分担して、探そうか」と積んであった漫画をしぶしぶ片付けた。

「ようやく空き巣らしくなってきたね」大西はからかう。

「若葉さんのほうが張り切ってるなあ」今村が苦笑する。

大西はそれから居間を出て、洗面所に入り、鏡の下の棚であるとか、タオル置き場の裏手などを調べた。玄関の靴置き場も確認し、再び居間に戻ってくると、今村が四つん這《ば》いになり、床に顔を寄せ、手を動かしていた。

「何してるの」

「床掃除」

「空き巣なのに？」

「証拠が残らないように」

言われてみれば必要な作業に思えた。大西は、今村の真似《まね》をするつもりでもなかったが、寝そべり、床に耳をつけた。ひんやりとした感触が心地良い。地面に耳をつけ、そこから伝わる音や響きを確かめるのが、大西は子供の頃から好きだった。

「こっちの部屋に目ぼしいものあった？」と立ち上がってから、訊ねる。

「何も」

今村は、これでももらっていこうかな、とテレビの上の、尾崎の写真に手を伸ばした。ばれるよ、そんなことしたら、と大西が注意をしようとした時、また電話が鳴った。

大西は電話機に目をやる。ちかちかと光っている。眠っていたはずの獣が突然、のそのそと動きはじめたのを眺める気分だった。このままでは目覚めてしまうのではないか、と息を潜める。

先ほどと同様、留守番機能が作動し、メッセージをどうぞ、と音声を発し、ぴーっと鳴った。今村が慌てて、テレビの音を消す。

無言だった。先ほどと同じだな、と思った時に、「おじさん?」と小さな声がした。

「わたし、だけど」

大西は、今村と見合う。

「あいつから呼び出されちゃったんだけど」電話の主は言った。若い女の声だ。「おじさんに頼るの、悪いと思ったんだけど」

何これ、と大西は、今村に向かって顔をしかめた。「誰? 何だか、めそめそして嫌な感じだけど」

「さあ」今村は首を振った。「尾崎に助けを求めてるのかなあ」

「誰が?」

「彼女が」

「何の助けを?」

「尾崎の助けを」

再び、電話機を見る。「これから行かないと。場所だけ言っておくね」という声はどこか幼さの含まれたものだった。仙台駅の東口にあるコンビニエンスストアの名前を述べ、直後に、電話が切れた。相手が切ったのか、電話機の設定で中断となったのかは判然としなかったが、再びかかってくることはない。

「何でしょうか、これは。今村先生」大西は訊ねてみる。

「どこかの女の子が、尾崎に電話をかけてきたってことだよね。助けてほしいのかなあ」今村は腕を組み、思案する顔になった。「嫌な電話聞いちゃったなあ」

「まあ、気にしなければいいんじゃない」大西はさっぱりと言った。「とりあえず、金庫とか探して、通帳とか見つけて、帰ろうよ」

「若葉さんのほうがよっぽど、空き巣らしい」

「君が、らしくなさすぎるんだって」

そうかなあ、と今村は関心なさそうに答え、「じゃあ、行こうか」と大西を見た。

「行こうってどこに？　金庫探さないわけ？」

「だって、助けを求めてるんだよ」

「尾崎に、でしょ？　わたしたちには求めてないよ」

今村は怒るでもなく、声高に主張するでもなく、冷たい女だ、と大西を批判することもなかった。ただ、「あの時だって、俺たちが余計なお世話をしなかったら、若葉さん、死んでたんだよ。今の電話の子だって、もしかしたら危ない目に遭うかもよ」と言った。

「遭わせときゃいいのに」

今村は、大西の言葉には応《こた》えず、電話機を操作した。メッセージを消去しました、という音声が流れる。次に、リモコンをつかみ、テレビの電源を消した。地元球団の外国人四番打者がホームランを放った瞬間だった。

「ホームランってさ」大西は思わず言っている。「ようするに、ただ、打球が遠くに飛んだ、ってだけでしょ。大騒ぎする必要なんてないよねえ」

「それは野球のルールを無視した、全然、分かっていない人の難癖だよ」今村が哀れむような、寂しげな返事をする。

4

その女は中学生にも見えたし、高校生にも見えた。さらに、二十代前半と言われてもそれなりに納得が行く雰囲気だった。頬がふっくらとした割には華奢《きゃしゃ》な体型で、背も低い。茶色がかった髪は短く、ばらつく毛先の隙間《すきま》から覗《のぞ》く首筋は細い。

「こういう子を好きな男って多そうだなあ」大西は意識するより先に、そう言っていた。

「何ですか？」幼顔の彼女が不審そうに眼差《まなざ》しを向けた。

「日本の男はロリコンばかり、って話」

「何ですか、それ」彼女は外見とは裏腹に気が強いのか、怯《ひる》むことをしない。「それって、老《ふ》けた女の僻《ひが》みじゃないんですか？」

まあまあ落ち着いて落ち着いて、大西と女の間に入った今村が真剣な面持ちでなだめた。「平和に平和に」とうわずった声だ。ロリコンは日本人に限らないですよ、と言いもする。

「あなたたち、誰なんですか」彼女がむすっと言った。

留守番電話に吹き込まれたコンビニエンスストアは比較的すぐに見つかった。軽自動車で近づき、それらしき女がいるだろうか、と駐車場に目をやると、まさにそれらしい女がいて、大西は慌《あわ》てて車を停めた。そして、女に近づき、前に立ったと同時に、「こういう子を好きな男って多そうだなあ」と言った。相手がむっとするのもむべなるかな、とは自分でも思ったが、とっさに口を衝《つ》いてしまったのだから仕方がない。

細い県道沿いにはあまり街路灯もなく、夜の中でその店舗自体が照明の役割を果たしていた。店の周辺だけがぼんやりと明るい。駐車場の脇《わき》に立つ、店のロゴが入った看板が、その彼女の顔を浮かび上がらせている。

「俺たちは、その、あれだよ。尾崎選手の代理。代打」

「尾崎選手？」彼女は眉間《みけん》に皺《しわ》をぐっと寄せた。あどけないと思っていた表情が一瞬にして、警戒心と不満に満ちた大人の面持ちに変わる。二十代だな、と大西は決定する。

「選手って何？」彼女はまた言う。

「さっき、君が電話をかけたよね？　助けを求めて、留守電に」

「ああ」彼女もそのことについて、白を切るつもりはないらしかった。「した、けど」

「相手がプロ野球選手だとは知らなかったわけ？」大西が訊《たず》ねると、彼女は目を見開いた。「野球選手？　プロの？　あのおじさんが？」

「まあ、今は補欠に甘んじてるけどさ」今村が、身内の不甲斐《ふがい》なさを認めるかのように残念そうなのが、大西には可笑《おか》しかった。

「監督の見る目がないんだよ」と今村はさらに、尾崎の弁護を続けた。「あの監督さ、高校時代のホームラン数で、尾崎に記録を破られてるんだよ。で、それをいまだに妬《ねた》んで、試合に出さないんだ」

「そんなに狭量《きょうりょう》な監督っているわけ？」

「いるいる」今村はぶんぶんと小刻みにうなずく。

おまけに、女癖悪いし最低だよ、と続ける。

「あなたさ、尾崎選手とどういう関係なわけ？」大西は質問した。

「わたしは」幼顔の彼女は少しためらい、「一週間くらい前に、その、尾崎さんに助けてもらって」と話しはじめた。

彼女の説明をまとめれば、こうだった。

一週間前、仙台駅の東口を歩いていたところ、若い男に絡《から》まれた。素性は明らかではないが、少し前から付き纏《まと》ってくる男だった。肩を触り、腰に手を回し、引き摺《ず》っていこうとするので、やめてください、よしてください、困ります、と抵抗した。

「そこに尾崎が現れたわけ？」今村が察し良く、訊ねる。

「たまたま通りかかったみたいで」

尾崎はシャツにジャージという軽装で通りを走っていたらしい。彼女が男を拒む様子に気づき、駆け寄ってくると、「離れろ。嫌がってるだろう」と助けに入った。

「恰好《かっこう》いいなあ」と今村が感嘆する。「スポーツマン的だ」

「できすぎだよ」と大西は首を捻《ひね》る。「三流ドラマみたい」

「おかげで、男は逃げてったんだけど」彼女が息を吐く。

「でも、どうせまた付き纏ってくるよ、そういう男は」大西は脅すつもりで言った。

「あのおじさんもそう言って」彼女は首肯した。

尾崎は、「役に立てるかどうか分からないけれど、もし、助けがいる時は電話をしてくれ」と電話番号を、彼女に教えたのだという。

「下心かな」大西が茶化すと、今村がすぐに、「正義感だよ」とむきになった。「で、今晩、君はまた、尾崎に助けてもらおうと思って、電話したわけ？」

「あの男からさっき、この店の駐車場まで来いって電話があって。怖かったから。頼る人、他にいないし」

「そんな男の電話に従って、のこのこ、やって来ることないんじゃないの？」大西は非難した。

「でも」幼顔の女はもじもじする。その、もじもじがまた気に入らない。

「念のため、と思って、尾崎の留守電にメッセージを入れたわけ？」今村が質問すると彼女は、「ええ」とうなずいた。「おじさんが、伝言を入れてくれれば駆けつける、って言ってくれてたから」

「携帯電話は？」

「かけたんですけど、そっちは出なかったから」

「まあ、試合中だからねえ」

その時、車のヘッドライトが大西たちの顔を殴るように光った。県道から、駐車場へと車が入ってきたのだ。眩《まぶ》しい、と思うと同時に、それが運転手の無神経さを象徴しているようにも感じられ、大西は腹が立った。

車が駐車場を、徐行する素振りも見せず、乱暴に旋回した。奥の場所に停車する。

「あれが、その男じゃないの？」今村が、彼女に言う。

「たぶん」彼女も顎《あご》を引いた。

「じゃあ、隠れていて」大西は言う。

「どうして隠れなきゃ」

「わたしたちが、その男を苛《いじ》めてくるから」と大西は高らかに言う。「腕が鳴る」

「あなたたちは関係がないじゃないですか」

「四番、尾崎に代わりまして、今村。今村忠司」今村は球場のアナウンスを真似《まね》た。

「ほら、代打だから。ピンチヒッターだから、俺。関係があるんだって、これから尾崎の代わりに、その男、懲《こ》らしめてくる」

「意味分からないことを言わないでよ」彼女は声を上げた。

「俺に、尾崎の代わりが務まらないとでも言うのかよ」今村がどういうわけかその時だけ、感情的になった。

幼顔の彼女はそこで、小さな身体《からだ》を、胴をぶるっと揺すった。そして、飼い主の手から犬が逃れるのと似た素早さで、駐車場から歩道へと駆けはじめた。県道を横断し、消えていく。

それを見て、異常に気づいたのか、先ほど停まったばかりの車が急発進し、やはり乱暴に、飛び出していった。

大西と今村だけがその場に取り残された。

「何なのよ、あれ」大西は憤《いきどお》らずにはいられなかった。「人がせっかく、助けてあげようと思ったのに」

5

「俺、昨日、凄《すご》いことに気づいたんだけど」

大西の軽自動車で再び移動をはじめると、助手席から今村が言ってきた。尾崎選手の部屋に侵入したことも、そこにかかってきた留守番電話から見知らぬ女性に会ったことも、おまけにその彼女に逃げられたことも、まったく忘れたかのような太平楽な調子だった。

「昨日？」

「若葉さんが帰ってこなかったから暇でさ」

「ああ、何かね、友達とばったり会ってさ」

友達と呼ぶには、その男はなかなか親しくて、夜には一緒にホテルで宿泊することもあるくらいであったから、大西は言葉を濁すようにした。だから、「あ、そういえば」と今村が語調を強めた時には、感づかれたか、と少し焦《あせ》った。動揺を抑え、「何？」と普段より高い声で応じた。

「若葉さん、アイスに名前書いてなかったでしょ？」今村が言う。「昨日、冷凍庫開けて食べようとしたら、書いてないの発見した」

「ああ、それ？」ほっとしつつも大西は面倒臭さも感じる。「だってさ、わたしのはバニラだし、それに君は全部名前書いてるんだから」

今村と大西の共通の好物は、カップに入ったアイスクリームで、冷凍庫には食べかけも含め、いつも大きめのカップが複数個、転がっている。どれがどちらの食べるものなのか、見分けがつくように、と今村は同棲《どうせい》をはじめた頃から、「自分のカップの裏には、名前を書くように」と主張していた。

「あのさ、そうやって気を抜くと、いつか間違えるよ」

「間違えたってたいしたことないって」大西は溜息《ためいき》まじりに答える。最近の産婦人科では、赤ん坊が生まれるとすぐに足首に名札をくりつけるという。昔、少なからず発生したという、取り違え事件の反省を踏まえ、誰の子供であるか明確にするためなのだろうが、今村の記名に対するこだわりは、その、赤ん坊の取り違え同様の大問題を扱うようで、納得がいかない。「もし何だったら、わたしのアイス、食べちゃってもいいし」

「俺はそういうの許せないんだ」

大西は唇を突き出し、げんなりした思いをあからさまに示す。内心では、昨晩に会った男友達のことに話題が行かず、安堵《あんど》している。「それで、どんな凄いことに気づいたわけ？」

「あ、そうそう。その話だったた。でね、俺、暇だったから、紙に三角形とか書いてたんだ」

「紙に三角形？　どうしてまた」

「何だか、紙に点を書いて、結んでいったら三角形ができて」

「わたしの人生では絶対に起きないことだと思う、それって」

「三角形をぼんやり眺めていたら、角度が気になったんだよ」

「角度って分度器で測る、あの角度のこと？」

「そうそう。俺、コンビニに買いに行ったよ」

「分度器ってまだあるんだ」大西は言った後で、万が一、分度器の名産地があるのだとしたら、その土地の住人に激怒されそうだな、と思った。

「あるよ、ある」今村はしみじみと言った。「それで測ったら、分かったんだけど。三角形の角度って、どんな三角形でも、全部合計すると百八十度になるんだ」今村は両手を前に翳《かざ》し、指をくっつけ、山とも三角形ともつかない形を作った。

「何それ」

「三角形の角度が、全部足すと百八十度ってこと。これは決まってるんだ。しかもさ」今村はさほど興奮している風でもなかったが、少し早口になった。「ここが九十度の三角形の場合には別のルールがあって」と左手の親指と人差し指でアルファベットのLの形を作ると、そこに右手人差し指をくっつけてみせた。

「直角三角形ってこと？」

「あ、そんな名前なんだ」

「もしかして、それって」大西は言ってから眉間《みけん》に皺《しわ》を寄せ、前の車との車間距離に気を配りながら、「斜辺の長さの二乗が、他の二辺の長さの二乗を足したのと一緒、ってルールのこと？」と言ってみた。

「斜辺？」

大西は、彼が手で作った三角形を指差しながら、「一番長いのが斜辺」と教えた。そして、「それを仮にaとするでしょ。他の二つの辺を、bとcとするの」と言ってから、$a^2=b^2+c^2$となるのだ、と説明した。

「そうなんだよ！」今村ははしゃいだ。「俺さ、何度も測って、その法則に気づいたんだよ」と言い、はっと我に返ったかのようになる。「若葉さん、何で知ってるの」

「それさ、ピタゴラスの定理だよね」

「ゴラス？」

「学校で習ったよね？」大西は何と教えたものかと悩みながら、アクセルを踏む。大学の敷地をなぞるように、道を折れる。黒澤と待ち合わせをすることになった、寺の駐車場まではもう少しのはずだった。

「嘘《うそ》」今村がきょとんとしている。

「ほんと」

「いつ?」

「ずっと昔」

「またかあ」と今村は悲しそうに呻《うめ》いた。「また、先を越されてたのか」

「本当に知らなかったわけ?」

「そんなピタ何とかさんなんて、知ってるはずないって。俺の発見だと思ったんだけどなあ」

「ピタゴラスね」

「あ、でも、その後に思いついて、今度はピンポン玉に」

「今度は、ピンポン玉と来たか」

「ピンポン玉の上に三角形を描いてみたんだ。マジックで。そうするとさ、不思議なんだけど、その場合の角度は百八十にならないんだよ。三角形のはずなのに」

「どうでもいいよ、そんなの」大西は言って、橋を越えたT字路を右折する。正面にある安売りの店から煌々《こうこう》と灯りが照っている。人工的な灯りのぎすぎすとした光が当たる。大西は道なりに車を進めた。細道を左に曲がる。高台にある寺の敷地で、行き止まりが砂利敷きの駐車場となっていた。

「黒澤さんも、急に呼び出したにもかかわらず来てくれるなんて、暇なんだね」大西は言った。コンビニエンスストアで、今村が、「会いたいんですよ」と電話をかけたところ、黒澤は拒むことなく、今自分のいる場所を口にし、近くの寺まで迎えに来てくれるなら会ってもいい、と答えたらしかった。


黒澤は、黒のジャケットを着ていた。駐車場脇《わき》の雑木林を背景に立っているため、暗さに溶け込むようにも見えた。車を停め、大西は、今村と並び、黒澤に歩み寄る。

「今、ちょうどお参りしてきたところだ」と彼は言った。

「お参りって、夜の九時に？　寺に？」大西は疑っていたわけではないが、訊《たず》ねずにはいられなかった。右手の、寺へと通じる階段を指差す。「真っ暗じゃないですか」

「真っ暗でも、寺はある」

「泥棒か何かと間違えられますよ」今村が心配するので、黒澤も小さく笑った。

「それは心外だよな」

大西が、黒澤に会うのは、これが四度目だった。

短大に通っていた頃から、キャバクラで男相手の接客を続けていたせいか、大西は、初対面であっても、男の態度や発言を窺《うかが》えば、おおよそどのような仕事をしている人間なのか当てることができた。

大口を叩《たた》き、無法者を気取っているこの男は、実は礼儀正しい会社員だな、であるとか、大口を叩き、無法者を気取っているこの男は、家族持ちの自営業者だな、であるとか、たいがいは見当はついた。

ただ、黒澤に関しては、二度会ってもその生業が、背景が思い浮かばなかった。今村から、自分たちと同じく空き巣なのだと聞かされた時には驚いた。

「だって、黒澤さん、空き巣っぽくないじゃない」大西はその時、そう言い返した。

「若葉さん、空き巣のことよく知らないでしょ」

「空き巣って、間が抜けてて、真剣にやってる割には儲《もう》けが出ないし、お人好《ひとよ》しのイメージが強いんだけど」

「そんな空き巣いるわけないじゃん」

「いえ、わたしの身近にいる空き巣がそんな感じだから」

黒澤を後部座席に乗せると、大西は軽自動車が狭くなったように感じた。別に黒澤が、大西の運転について何か言ったわけでもないのだが、後ろから動作を監視されている気分になったのだ。バックミラーを見た時、窓の外に眼差《まなざ》しをやる黒澤の横顔が目に入り、訳もなく、どきりとした。

黒澤は仕事を終えたばかりのようだったが、犯罪を為《な》した直後の興奮も見せなければ、労働後の満足感も浮かべていなかった。淡々としている。成果はありましたか、と訊ねると、ジャケットのポケットから封筒を摘《つま》み上げ、「少しだが」と答えた。黒澤さんは節度を弁《わきま》えてるんだ、見つけたものを全部盗んでいくようなことはしないんだ、と今村がよく力説するのを思い出した。

「黒澤さん、家まで送りますよ」と助手席から振り返り、今村が言う。

「それは助かるが、話があるんじゃなかったのか」

「送りがてら話します」今村はさも自分が運転するかのようだった。

「尾崎に会ったのか？」と黒澤の声が後ろから、した。

黒澤は、尾崎の家に空き巣に入ることを知っていたのか、と大西もそこで知った。

「会ってないっすよ。空き巣に入ったんですから」と今村は答えた。

「部屋はどうだった」

今村はすぐには答えなかった。魘《うな》されるかのような、うーん、と唸《うな》る声を発し、「不思議な」と言った。「不思議な感じでしたよ」

「不思議?」大西はその返答が可笑《おか》しくて、鼻で笑った。「空き巣に入って、漫画を読んだだけで出てきた君は確かに不思議だったけど」

何も盗まなかったのか」

「欲しいものもなかったんですよねえ」今村はしみじみとした言い方だった。あまりにしみじみと、一首詠《よ》むかのような雰囲気があったため、大西はすぐには、「欲しいものもなかったのに、空き巣に入ったわけ?」と怒れなかった。

夜の道はずいぶんと暗い。前方、かなり離れた場所に、車の後部ランプの赤い色が見えたが、それ以外には等間隔に並ぶ街路灯が、軽自動車の行き先をぽつりぽつりと照らすだけだ。よく見えず、フロントライトを点《つ》け忘れているのか、と一度、スイッチを捻《ひね》り、確かめた。

ガソリンがないことに気づき、たまたま開いていたガソリンスタンドに車を入れた。髪を七三分けにした、実直そうな店員が給油を開始した。メーターが止まるまでの時間潰《じかんつぶ》しをするかのように、窓を拭《ふ》きはじめる。窓を挟んだ向こう側で、必死に雑巾《ぞうきん》を動かしている店員を、こちらからぼんやりと眺めるのは申し訳ない気分にもなった。

「ねえ、尾崎って選手、どうして試合に出られないわけ?」大西はふと、訊ねた。「さっき、監督に嫌われてるから、って言ってたけど本当?」

「興味ある?」今村が言った。

「何歳?」

「何歳って誰が」

「尾崎が」

「俺と同い年。三十間近」今村が答えづらそうに言った。

「あ、一緒なんだ?」

「しかも」

「しかも、何?」大西は首を伸ばすが、それに怯《ひる》んだのか今村は、「何でもない」と口ごもった。

「何それ」

「尾崎は、俺とはまったく違う人生を送ってきたけど」

「そりゃそうだろうね」片や、将来の活躍を期待される野球少年だったに違いなく、片や、授業で教わったピタゴラスの定理も覚えていない、将来の空き巣男なのだから、と大西は笑う。

「ねえ、黒澤さん、さっき尾崎の部屋にいて思い出したんですけど、昔、うちの母ちゃんが、甲子園の中継をテレビで観《み》てて、俺に言ったことがあるんですよ」

「何をだ」

「『ほら、おまえと同い年の人間が、ホームラン打って、人を喜ばせてるよ』って。『同い年の高校生で、こうも違うかねえ』とか」

そう言った今村は小さく笑ったが、その寂しさの滲《にじ》む表情は、大西には馴染《なじ》みのないものだった。今村もそんな笑い方をするのか、と思う。

「そうか」と黒澤が静かに、関心があるのかないのか判然としないが、言った。

「まあ、俺は学校にも行かないで、夜の一番町で、ひたすらナンパしてましたから、確かに、同じ高校生でもずいぶん違ってましたけどね」

「女の子をナンパして、家に連れ込んでたんだ?」と大西は言った後で、自分でもくだらないと承知しながら、「別のバットを振り回してたんだ?」と呪《まじな》いにでもかかったかのように、その品のない冗談を口にした。

車内が一瞬、しんとする。

「若葉さん、それはやばいよ」

「やばいって何が」

「下ネタが」今村が同情をみせる。「中年男の言いそうな、陳腐な下ネタじゃないか」

軽蔑《けいべつ》されたかな、と恐る恐るバックミラーを見たが、黒澤は無表情だった。

そうこうするうちに、給油が終わる。がくんとホースの揺れる響きがあり、店員が金額を告げに来た。五千円札を出すと、釣りを取りにいったん、立ち去った。大西はエンジンをかけ、先ほどの恥ずかしい発言を取り繕うつもりでもなかったが、「でもさ、君も、ピタゴラスの定理を発見したんだから、大したものだよ」と言った。

「何だ、ピタゴラスというのは」興味を示した黒澤に、大西が説明すると、彼はとても喜んだ。「おまえは引力を見つけたり、三角形の法則を見つけたり、大変なものだな」

「引力?」

「前に、樹《き》から林檎《りんご》が落ちるのを見て、引力に気づいたんだと」どこまで本当なのか黒澤はそんなことを言う。「ああ、そういえば、おまえはまだ、その林檎の樹が庭にばんばん生えてる実家に住んでいるのか?」

「いや、今は違うっすよ、黒澤さん。あれはうちの親が留守にしてたんで、一時的に住んでただけで。今は若葉さんと、仙台市内で暮らしてるんすよ」今村が言ったところで、ガソリンスタンドの店員が戻ってきた。

釣り銭を受け取り、財布に詰めるとハンドルを回し、再び車道へと車を進ませた。

「そういえば、あの、林檎を見てた頃は、まだ親父《おやじ》も生きてたんだなあ」と今村が間延びした口調で言うのが聞こえた。

今村の父親は、大西が出会う少し前に、脳溢血《のういっけつ》で亡《な》くなっていた。お母さん一人で、そんな里山で暮らしているのは心細いのではないか、と大西は訊ねたことがあったが、その時の今村は苦虫を潰す顔つきで手を振り、「俺の母親、そんなやわな人じゃないから、大丈夫大丈夫」と笑っていた。

直線道路に出て、車を加速させる。新しく開通したばかりの車道に出て、河を渡る。緩やかな橋状の道路の両脇には、白く輝く街路灯がずらっと並び、この橋を渡り切れば、輝く未来が待っているような、そんな気分にさせられる。前方車両も対向車両もいない中、アクセルを踏む。

今村はそこで、先ほど遭遇したことを、黒澤に説明した。尾崎の部屋にかかってきた電話に従い、コンビニエンスストアに行ってみたこと、すると、女がいて、怪しまれたこと、女は以前、尾崎に助けられたことがあったこと、女に付き纏《まと》っていると思《おぼ》しき車がいたこと、それらを簡潔にとは言いがたいが、話した。

「尾崎はいい奴《やつ》だな」黒澤の第一声はそれだった。「困ってる女性を見捨てたりしないわけだ」

「そうですね」今村は歯切れ悪く言う。

「で、どうしたいんだ、おまえは」

「実は、その車のナンバー見えたんですよ」今村が助手席でこめかみを掻《か》いている。

「駐車場から出ていくところ。俺、こう見えても目がいいんです」

「目、は、ね」大西が茶化すと、今村は、「目、も」と声を強めた。「で、ナンバーから運転手の居場所とかって調べる方法ないのかな、って黒澤さんに訊《き》きたくて」

「知らないのか」黒澤が意外そうに言った。

「調べられるんですか？」今村が訊く。

「何かずるい方法ですか」大西が訊く。

「普通の方法だ。陸運局に行って、申請すればすぐに教えてくれる。所有者の名前も住所も、車検証に書いてある内容は全部、分かる」

「申請って面倒だったりします？」

「そのナンバーをきっちり書けば、それだけだ。おまえの免許証の提示は求められるかもしれないが」

「あ、そんなんで」大西は言う。

「分かるんですか」今村が言う。

「そんなんで分かるんだよ」黒澤はあっさりと言い、「おまえの上司も知ってるはずだ」と今村の親分、中村のことを口にした。

黒澤が言うには、中村は、日頃、車を運転している際などに自分の気に入らない車に出会うと、それはたいがい、無闇《むやみ》にクラクションを鳴らすものであったり、乱暴に自分の車の前に割り込んできたものであったり、もしくは無闇にクラクションを鳴らしながら乱暴に割り込んでくるものだったが、それらに遭うとナンバーを暗記し、できればすぐにメモを取り陸運局へと出向き、所有者の情報を手に入れるらしかった。

「手に入れてどうするんですか」今村が不安と好奇心を浮かべた。

「そいつの家に空き巣に入るか、そうでなかったらそいつの家に大量の寿司《すし》の出前を取るんだ」

「陰険だなあ」大西は言わずにはいられない。

「いや、もとはといえば、礼儀を知らない運転手が悪い」今村が即席の弁護人になる。

「まあな」黒澤はのんびりと言い、「だが」と続けた。

橋を渡りきる。輝ける未来は見当たらないが、T字路に突き当たる。左へハンドルを回す。

「だが、そんなナンバーから住所を割り出す方法であれば、別に会わなくても、電話で教えてやれた」黒澤がもっともなことを口にした。

「ですよね」大西もすぐに言う。

黒澤に電話をかけた時、大西もそう主張したのだ。それを今村が、「直接、会いたいんだよ」と譲らなかった。

「会いたかったんですよ」今村は助手席の窓にへばりつくようにし、夜の町を眺めている。「黒澤さんに会うと、落ち着くんで」

そうか、と黒澤は静かに返事をした。

「どうせ、わたしでは落ち着かないんでしょうよ」と大西は不貞腐《ふてくさ》れてみせる。

6

翌日、朝の九時過ぎになると今村が、陸運局へ行って来る、とアパートを出て行った。

「その車の持ち主、見つけてどうするわけ?」テレビの前にチラシを敷き、その上で足の指の爪《つめ》を切っていた大西が訊《たず》ねると、「あの子に付き纏《まと》わないように、きつく言ってやるんだ」と返事があった。

「あの女、生意気そうだったし、庇《かば》うことないんじゃない?」

「尾崎の代わりに、やっといてあげようかなあ、と思うんだ」

「でも、尾崎選手に義理があるわけでもないのにわざわざ?」

「義理はなくても、貸しくらい作っておくのもいい気がする」

「気がしないって」

「じゃあ、行くよ」

残った大西はテレビを点《つ》けたまま、さらに爪を切り、新聞も広げた。記事を読み進めると、スポーツ欄が目に入る。地元球団が五連勝を飾ったらしい。一点のリードを許した後、投手の代打で登場した若手選手が逆転のヒットを放った、その写真が載っている。代打においても尾崎の出番はないのか、と大西はぼんやりと思い、それでも現役を引退しない思いとはどのようなものなのか、と考えてしまう。今に見てろよ、という反骨か、最後に一花咲かさずには、という意地なのか。どちらにせよ、今村と同い年で、日々、練習を積み、いつ来るとも知れない機会のために準備をしている人間のことを、暢気《のんき》なバイト暮らしの自分がとやかく言えるはずがないな、とは思った。

電話が鳴った時、最初は出るつもりはなかった。家の電話にかかってくるのは、大半がセールスか間違い電話だったからだ。しかも平日の午前中だ。愉快な遊びの誘いの可能性は低い。だから、受話器を上げたのは単に、音がうるさくて、目覚まし時計の騒がしさを消すためにボタンを押すのと同じ感覚で、自然と手が動いてしまっただけだった。

「おーい、忠司？」相手は女性の声で、馴《な》れ馴れしくも砕けた口調だった。軽薄な挨《あい》拶《さつ》の割には、年配のものに思えた。

「あ、今、出かけてますけど」

「お」電話の主の声の調子が変わった。「あなた、誰？　もしかすると、忠司のお嫁さん？」

「結婚してないですけど」大西はむっとしつつ答えたが、その時点で、もしかするとこれは、と相手の見当がつきはじめた。「もしかして、お母さんですか？」

「正解」電話の相手は、クイズ番組の出題者かのような、偉そうな口ぶりで言う。

大西は、「あ、そうですか」と答えたものの、さすがに動揺した。「はじめまして」と言うまでに時間がかかった。

「はじめましてー」今村の母は陽気な挨拶をする。「でさ、忠司はいないわけ」

親しげ、と言うべきか、遠慮ない、と言うべきか、とにかく、ずかずかとこちらの領域に踏み込んでくる様子に苦笑しながら大西は、そうか、今村にも親はいるんだったな、と当たり前のことをいまさらに思った。大西が埼玉にいる両親の悪口を始終、撒《ま》き散らすのとは対照的に、今村は自分の家族について話すことはほとんどなかった。

「忠司から、九時くらいに電話をすれば家にいる、って聞いたんだけどねえ」

「夜の九時のことじゃないですか？　夜の九時頃であれば、だいたいアパートにいますよ」

今村の仕事は深夜から朝方にかけてまでの時間帯が多いため、午前中は、街中の喫茶店で熟睡していたり、車の中で熟睡していたり、もしくはアパートで熟睡していたり、と電話に出られない状態のことが多く、その時間を指定するとも思いにくかった。

「ああ、そっちの九時かー」今村の母が悔しがっている。

そっちも何も、と顔をしかめた大西は、手元に広げたチラシを、爪の欠片《かけら》が落ちないようにと気を配りながら畳む。

「で、どうします？」大西は受話器へ向かって、言った。「息子が不在と分かった今」

「あなた、何か面白いね」今村の母は気後れや、慎重さとは無縁なのか、思ったことは口に出さねば気が済まない性質のようだった。

「面白くもないですよ」

「どういう関係なの？」

「どういうって、普通に」普通に、とは言ったものの、普通の恋人同士というものとも少し違うように感じた。

「せっかくだし、わたし、これから仙台まで行こうと思うんだけどさ」

今村の母親が県南の外れ、林檎《りんご》の樹《き》が庭に立つ小さな町に住んでいることを思い出す。「来ればいいじゃないですか」勝手にすればいいじゃないですか、というつもりで言った。

「会っちゃおうか」

「会っちゃおうか?」大西は、はしゃぐような相手の反応に戸惑う。

「出会い系、出会い系」と今村の母は連呼した。

彼女の指し示す「出会い系」が、果たして何を意味しているのかはっきりとしなかったが、大西は確認するのも億劫《おっくう》だった。

あれよあれよという間に、仙台駅の構内、ステンドグラスの前で待ち合わせをすることになった。初対面であるのだから、うまく会えるかどうか心配ではあって、どうやって会いましょう、と訊ねると、「まあ、どうにかなるんじゃない」と今村の母は言った。

「今村君とお母さん、顔似てます?」

「ぜんぜん似てないの。驚くほどに」

「それじゃあ、無理じゃないですか」

ぶっとばすぞ、という台詞《せりふ》はさすがに飲み込んだ。いい加減なところが親子で似てますね、と嫌味を付け加えるのもこらえる。

「それならわたしは、縞々《しましま》の囚人みたいな服着ていくから。身長は百五十センチくらいのぽっちゃりとした感じだから」

「囚人でぽっちゃりですか」

「あなたはどんな恰好《かっこう》なの」

「ステンドグラスの前で、あ、いい女、って思える女がいたら、わたしです」

「あんたも相当、変わってるねえ」今村の母が感心するので、言われたくないですよ、と大西は強く言い返した。


「いや、あなた、本当に綺麗《きれい》な子だね」会った直後、今村の母の第一声はそれで、大西は、お母さん意外にいい人じゃないか、と思った。

「お母さんもなかなかの囚人っぷりですよ」

ステンドグラス前は待ち合わせ場所として有名であるため、周囲には大勢の、女子高生であるとか、大学生であるとか、背広姿の会社員であるとか、そういった人たちで賑《にぎ》わっていたが、ぽつんと立つ中年女性は彼女だけで、すぐに分かった。彼女が言っていた通り、今村とはあまり似ていなかった。

駅の中を歩きながら、どこか行きたい場所はあるか、と大西が聞くと彼女は、電車で来る間に考えていたんだけどさ、あなたの服でも買いに行っちゃおうか、と言う。久しぶりの再会でも果たしたのか、周囲で若い女性同士が嬉《うれ》しそうに抱き合っているのを横目に、「わたしの服?」と大西は眉《まゆ》をひそめた。

「わたしさあ、昔から、娘が欲しかったんだよね。一緒に買い物に行ったりさ、料理教えたりさ、したかったのよお」中途半端《はんぱ》な厚化粧のせいか、今村の母はずいぶん老いて見えたが、電話で話した時にも感じた、さっぱりとした気性の印象はそのままだった。「それなのに、あんな駄目な息子一匹でさ」

「彼が聞いたら、泣きますよ」今村であれば本当にしくしく泣くかもしれない。「もう一人産めば良かったじゃないですか」

「もう一人産んで、また外れたら目も当てられないでしょ」

「外れって言うな、外れって」と大西は指摘した。可笑《おか》しくて噴き出す。

「それにねえ、あの子を産んだ時が大変で、もう懲《こ》り懲《ご》りだったしねえ」彼女は、わたしがあの子を産んだ病院なんて、古くて、人手不足でね、おまけにその日が誕生ラッシュでさ、産んだはいいけど、ベッドも足りない感じで、ごちゃごちゃだったんだから、と熱く語った。ああいうのを経験しちゃうと次は二の足を踏んじゃうね、と。「どさくさに紛れて、女の子と入れ替えちゃったら良かったじゃないですか」と大西が冗談で言うと、意外にも彼女は大真面目《おおまじめ》な顔で、「本当にそうよねえ」と言ったりするので、返す言葉もない。

仙台駅から歩き、いつの間にかアーケード通りに入っていた。仙台に来るのも半年振りだ、と今村の母は言い、あたりをきょろきょろと見渡しては、「ちょっと来ないと、変わるねえ」と感心する。次々とすれ違う人の流れに、目をやり、煩《わずら》わしそうな表情も見せた。

「彼とはよく会っていたんですか?」

通りの右手に、一ヶ月前にできたばかりのビルが現われる。一階には海外の洋服ブランドの店舗が入っていた。国内では、東京に続いて二店舗目というだけあって、開店当初は中に入ることもままならない混雑ぶりを呈していたが、今はずいぶんと落着いていた。巨大なガラス張りで、白一色の内装だった。服の値段も安くはなく、大西も興味はあったものの、入ったことがない。

「忠司とかい? いやあ、全然だよ。高卒で専門学校に入って、そこを途中で辞めてからはほとんど帰ってこないしねえ。前にわたしが、お父ちゃんとあちこち旅行してる時があって、その時に留守番でうちの家で生活してたけど、その時くらいだったねえ。わたしたちが帰ってきたら、また出て行ったし。最近、たまたま電話をくれただけでね」

今村の母は愚痴めいたことを楽しげに言い、そして、大西に相談したわけでもないのに、ガラス張りの、白一色のその店へと当然のように入っていく。重いドアを、店の中にいる店員が仰々しく開けてくれるので、大西も中に踏み込む。

「親子仲、悪いんですか？」大西はマネキンを眺めながら、訊ねた。店内は空《す》いていた。奥で、派手な服装の客が店員と喋《しゃべ》っているだけだ。

「仲は悪くないと思うけどねえ」今村の母は、白のシャツの並ぶ棚をじっと眺めつつ、答える。「あの子、いろんなことを一度に考えられる性格じゃないからね、とりあえずはまず、自分が暮らしていくので精一杯なんじゃないのかねえ。仲は悪くはないよ、うん」

「彼が電話をしていたとは知りませんでした」今村が、母親に連絡を取っていたのは初耳で、大西は少し驚いた。

「それも最近だよ。この半年くらい。自分が健康診断受けたから、母ちゃんも受けてみろよ、とか、急に母親のことが気になったみたいでさ。ふた月くらい前にはわざわざ、健康チェックをする人とかを寄越したよ。予告なしで動く子ではあるからね」

「そういう傾向は感じますね」大西は、今村の母の隣の棚に歩み寄り、一番上の段に置かれた青いシャツを広げた。ふうん、いいじゃない、と今村の母が言う。「あなた、似合いそうよ」

大西はシャツの襟《えり》部分についた値札に手をやる。捩《ねじ》れているのを直し、目を落とせば、高めに見積もった価格のさらに五割増しの値段が記されていて、「げ」と洩《も》らしてしまう。

「何やってるの？」

「いや、値段を見て、感銘を受けたところですよ」

「そうじゃなくてさ」今村の母は微笑《ほほえ》んだ。目尻《めじり》にたくさん皺《しわ》が寄ると、今村の笑い方に似ていた。「うちの馬鹿《ばか》息子は、今、何やって暮らしてるのか、って」

「ああ、馬鹿息子のことですか」大西は言ってから、さて、専業の空き巣です、と言うべきかどうか悩んだ。暴力で脅しつけたり、一人暮らしの弱々しい女性を狙《ねら》ったりすることがない分、今村や中村はまだ良心的な空き巣と分類することはできたが、そうは言っても人の財産を奪う悪人には違いなかった。「真面目に働いてますよ」

「何をして？」と言いながら今村の母は、大西の手からその青いシャツをひったくる。肩の部分を持ち、大西の身体《からだ》に合わせるように、広げた。

「何をして、って、まあ、普通に会社員を」広げられたシャツの前で、大西は動きを止める。

「あの子に会社勤めができるわけがないよ」今村の母は、シャツと大西の顔、足元を眺めた。

「鋭いですよ、お母さん」

「でしょ。ただまあ、あの子はだらしなくて、頭が悪いけど、じっくり仕事を任せればちゃんとやるんだと思うけどね」今村の母はシャツを畳みはじめる。大雑把な手の動きの割に、シャツは綺麗な形に整う。ようやくここで息子を評価する発言が出たぞ、と大西は思いながら、「実は、頭、いいですよ」と言った。

「気を遣わなくてもいいよ」彼女は、隣にある同じシャツの、別の色のものを手に取った。

「自力で、万有引力を発見しちゃったりしてます」

「引力なんて発見しなくたって、もとからあるよ」

まあそうですね、と大西がうなずくと、「じゃ、これでいい？」と今村の母が言った。

「いい、って何が？」

「このシャツで」

「え？」

「買うやつよ。いいよね、これ。似合ってたし」と畳んだばかりのシャツを叩《たた》く。

「やっぱり、この青いのがいいね」

「いやいや」大西は珍しく、動揺した。「高いですよ、それ」

「大丈夫だってー」と彼女は口を大きく開けた。「わたしさ、お父ちゃんが脳溢血《のういっけつ》で死んだ時のさ、保険金が余っちゃってるのよ。何て言うの？　保険金成金？　保険金詐欺《さぎ》？」

「詐欺だったら、自分から言わないほうがいいですよ」

「わたし、こういうの買ってあげたかっただけだし、別に買ったからって、忠司と結婚しろとか言わないしさ」

レストランで男に夕飯代を払ってもらうことには心苦しさを覚えたことがないのだが、レジで金を払っている今村の母の背中を眺めていると、申し訳ない思いに駆られた。

白い無地の、ブランド名のみが入った紙袋を店の外で手渡され、「どうもありがとうございます」と大西は深々と頭を下げた。

「それくらいぜんぜん、構わないからさ」

「からさ?」その後に、厄介な交換条件が付け足される予感を、大西は察知した。

「今度は、わたしの買い物に付き合ってよ」

「服ですか?」

「カメラ。何か、最近は、カメラ屋に行かないでも写真とかできるんでしょ。そういうのが欲しいんだよね」

「何に使うつもりです?」

「盗撮よ、盗撮するのよ」

「何を盗撮するんですか」

「植木とかカラスとかさ」

確かに無許可で撮るという意味では盗撮なのかもしれないが、わざわざそんな呼び方をする必要も大西は感じなかった。

7

頭を、指先で軽く突くようにされ、大西は目を覚ました。そうか眠っていたのか、と気づいた。瞼《まぶた》を開けると、「若葉さん、酒臭い」と顔をしかめる今村が見えた。

「そうかなあ」と身体《からだ》を起こす。アパートのソファだった。見渡すと、テレビの横に、ブランド洋品店の紙袋があったので、今村の母と会ったのは全部夢、ということはなさそうだ。とはいえ、今村の母の姿はない。もう朝か、と窓を見た。

「そんなに飲んできたんだ？」

「すっかり意気投合したから」

シャツを買ってもらった後、大型家電量販店に行き、デジタルカメラを買い、その後で開店直後の居酒屋に入ったことは覚えていた。

「誰と意気投合したわけ？」

「それはまあ、内緒だよね」

「あ、浮気だ」

「違うってば」

今までに浮気の覚えがないとは言わないが、昨晩は今村の母親と飲んでいただけであるから、強気に出た。

部屋の隅ではテレビが点《つ》いている。星座占いの結果が流れ、今日の最下位として、「乙女座」が紹介されていた。独善的になりがちであるから、他人に譲歩する必要があります、と断定していた。乙女座の今村は悲しげな顔をし、アナウンサーがさらに、「ラッキーアイテムは、ギリシャ土産」と続けると、「どうしろっていうんだよ」と嘆いた。

「若葉さん、昨日の夜、ようやく帰ってきたと思ったら、あっという間に寝ちゃったし。いったい誰と飲んでたわけ」今村は、大西をまた突いた。

「それより、どうだったの？　車のナンバー」

「あ、そうそう、ナンバーのことだった。黒澤さんの言った通りでさ、陸運局行ったら、すぐに分かった」

「名前？」

「名前も住所も全部。怖いもんだよ。まわりはさ、業者の人ばっかりだったけど」今村は四つん這《ば》いに近い恰好《かっこう》になって、手を伸ばし、床に無造作に転がる鞄《かばん》から紙を引っ張り出した。「登録事項等証明書、だって。で、所有者の名前が、落合修輔」

「恰好良い名前だねえ」

「別に恰好良くないよ」今村はむっとして言い、住所を読み上げた。聞いたことのある場所ではあった。「山の上の団地？」

「そのさらに奥の古い住宅地。一回、親分と仕事しに行ったことがあるなあ、そういえば」今村は喋《しゃべ》りながら、自分の空き巣の思い出を遡《さかのぼ》っている。

「で、どうするつもり？」

「まあ、このアパートに行ってみて、で、落合修輔に会って、一言言ってやるんだ。俺の女に手を出すな、とか脅せば、寄ってこないんじゃないかな」

「甘いねえ」

「やっぱり、甘い？」とたんに不安そうな顔になる今村は愛嬌《あいきよう》がある。

「分かんないけど、それくらいで止《や》めるなら、尾崎選手に追い払われた時点で、少しは遠慮するんじゃないのかな」

「じゃあ、どうしようか」

「わたしに聞かれてもね」

しゃがんだ恰好で腕を組み、床に置いた登録事項等証明書を睨《にら》み、思案する今村を置いて大西は、身支度をはじめる。顔を洗い、トイレに行き、出てくると髪にドライヤーを当てた。化粧をしていると、前日の夜に今村の母が、「女ってだいたい、男よりやらなきゃいけないことが多すぎるんだよねえ。化粧するのはもちろん、化粧落としだって必要なんだし。その点、男は適当でしょ。雑でさ。楽することしか考えてないし」ととうとうと述べていたのを思い出した。本当にそうだねえ、面倒だねえ、と実感しつつ大西は泡のついた手で髪を整える。

「分かったよ、若葉さん」今村はいつの間にか立ち上がっていて、宿題ができたかのように高らかに言った。

「分かったって何が」

「恐怖だ」と今村は淡々と言った。「生意気な若者に言うことを聞かせるには、恐怖だよ、やっぱり」

「脅しは効かないかもよ」それはさっきも言った。

「脅しじゃなくてさ、もっと霊的な」

「霊的な？」

夜の細道を歩き、自宅アパートへ戻ってくる。アスファルトに靴の音が小さく鳴る。風が通り、ごみ集積場のごみ袋を震わせる。緩やかな坂道を上り、アパートに到着する。西側に設置された、錆びて軋む階段をさらに上る。二階の一番手前の部屋の扉に鍵《かぎ》を差し込むとそれを察知したかのように、向かいの家の庭で犬が鳴き声を上げた。

ノブを捻《ひね》り、扉を開けた瞬間、なぜか自分の住居が別人の部屋であるかのような違和感を受ける。訝《いぶか》しみながら靴を脱ぎ、中に入る。馴染《なじ》みのない匂《にお》いを感じる。いるはずのない者の呼吸を感じる。自分の鼓動が早鐘を打ち、痛い。まさか、と暗い室内に目を凝らす。手を壁へ伸ばし、電気を点灯させる。すると、部屋の押入れの襖《ふすま》部分に、見覚えのない模様があることを発見する。真っ赤な字だった。「あの子に手を出すな」と殴り書きがされている。とたんに背中に寒気が走り、動けなくなる。しばらくして少しずつ襖に近づき、その赤い字に顔を寄せると、生臭さが鼻を突いた。手で触れると粘り気がある。あ、血だ、と気づいた時には力が抜け、その場にしゃがみ込む。

誰が？　落合修輔が。

「そこでようやく、落合修輔もさ、『そうか、これはもう、あの女に近寄らないほうがいいよな』って気づくんじゃないかな」今村は得意げにそう語った。想像ともシミュレーションともつかない、思い入れたっぷりの説明だった。

「それが霊的なやり方？」

「そうそう。怖いでしょ。落合修輔の部屋に忍び込んで、悪戯《いたずら》するんだ。血文字を見て、びっくりするんじゃないかな」

「血はどうするの。絵の具？」

「動物の血を用意するんだ」

「どうやって」

「そういう業者があるんだよ」今村は簡単にそんなことを言い、目を輝かせている。

「とにかくさ、それくらい怖がらせれば、きっと効果はある。そう思わない？」

どうだろうねえ、と大西は首をかしげた。懲《こ》らしめようとして逆効果になる場合もありそうだけどね、とも言ってみる。

「どう？　今晩、一緒に行く？」今村は、大西の言葉は無視し、訊《たず》ねた。

「落合修輔のアパートに？　中村親分と行けばいいじゃん」

「無理無理。お金にならないことはやらないもん、親分は」

「でも、尾崎のマンションに行く時は仕事なのに一緒に行かなかったじゃない」大西が指摘すると、今村は苦しげになり、「あれも金にはならなかったからさ」と言った。

一緒にアパートへ行きますよ、と同意したわけでもなかったが今村はすっかりその気になっていて、じゃあ、夜の八時に出発しよう、と遠足のスケジュールでも決定するかのように力強く宣言した。「それまでの時間、暇なら一緒に本屋でも行こうよ」

「本屋？」本屋に行って広辞苑《こうじえん》を盗むわけでもあるまいし、と大西は思う。

「立ち読みしたくて」

「嫌だよ」

「どうして」

「立ち読みするために化粧したわけじゃないから」と大西は答えたが、今村が真顔で、

「そんなことを言うなら、俺だって、立ち読みするために生まれてきたわけじゃない」

と胸を張るので、言い返す気力もなくなった。

アーケード通りにあるビルへ二人で、出かけた。今村は自ら宣言した通り、五階の書店へまっすぐ向かい、漫画本の売り場に立ち、先日、尾崎の家で読みかけとなっていた漫画を読み進めた。双子の出てくる、野球恋愛漫画だ。心なしか、立ち読みを続ける男たちの近くは空気が澱《よど》んでいるような気がしてならず、大西は同じフロアにある家具屋に移動し、時間を潰《つぶ》した。別行動するなら一緒に来る必要はなかったではないか、と最初は不満に思ったが、その家具屋「白河堂」の店員が若く、長身の色男で、結果的には喜ばしい展開だった。欲しくもない家具の説明を求めると、店員は丁寧に

応対してくれた。調子に乗り、次々と家具を見て回る。

今村が立ち読みを終え、戻ってきたのは、一時間近く経《た》ってからだったが、大西はその時はすでに売り物のソファに腰を下ろし、男性店員と歓談しているところだったので、遅い、と怒るよりも、まだ来なくても良かったのに、と言いたいくらいだった。

ぼんやりとやってきた今村は目を赤くし、明らかに涙を浮かべていた。大西はそのことに驚き、男性店員に別れの挨拶《あいさつ》とお礼を口にし、ソファから立ち上がった。店を後にし、「どうかした?」と今村に訊ねる。まさか、家具屋の店員と交流を深めている大西を見て、ショックを受け、泣いたのではないか、と罪悪感を覚えたのだ。

「本当に死んじゃったよ」今村はぼそっとつぶやいた。

「誰が」

「双子の弟が」

あの漫画の中の話か、と大西は気づく。

「だから、言ったじゃない」ほっとするような、腹が立つような気分だった。

「さっきまで生きてたんだぜ」

「さっきまで、の意味が分かんないよ」と大西は溜息《ためいき》をつく。

駅の近くの、開店したばかりというレストランを訪れ、昼食を食べ、その後で街をふらつくとすでに行くべき場所も、やるべきこともなくなってしまい、大西は時間をもったいなく感じた。

「もうさ、面倒だからとりあえず、行っちゃおうよ」

「行くって、どこに」

「落合修輔のところに。八時まで待たなくちゃいけない理由もないんでしょ、どうせ」

「あるよ」

「なによ」

「まあ、霊的なことを演出するなら、夜のほうがいいかな、って」

「それは、理由がない、ってことだって。だいたい、相手の留守中に忍び込んで悪戯するつもりなら、相手が家にいない時間帯をまず調べたほうがいいんじゃないの」大西としては単に、退屈を持て余すのも嫌なのでさっさと落合のアパートへ行ってみたかっただけだったのだが、それらしく言ってみた。「相手の行動とか日課を観察しないと駄目じゃないの」

今村は予想以上にその言葉に納得し、「空き巣の本質は、観察だ、って黒澤さんもよく言うんだよな」と頭を掻《か》いた。そうでしょう、そうでしょう、じゃあさっそく観察に行こうか、と大西は、今村の腕を引っ張った。

8

今村の入手した情報から、アパートの場所は割り出してあった。地下鉄で移動し、駅から地上へ出て、少し歩いていくと、道に迷うこともなく着くはずだった。

坂道を歩いていると、やや先を歩く今村の尻《しり》ポケットに紙のようなものが挿さっているのが見える。「何これ」と大西は質問と同時に手を伸ばし、それを引き抜く。

今村が驚き、振り返り、自分のポケットに触れる。写真だった。

「誰これ。あ、尾崎じゃん」

先日、マンションに忍び込んだ際に見つけたのだろうか、ヘルメットを抱え、白い歯を見せた尾崎の上半身の写真だった。

「ああ、それ。何か、持って帰って来ちゃったんだよなあ」

「ちょっとしたファンだねえ」大西は笑い、写真を太陽に照らす恰好《かっこう》で持ち上げた。

「君と同い年には見えないね。やっぱり憧《あこが》れとかあった?」

今村は、眉間《みけん》で考えを絞るかのようなしかめ面《つら》をし、思い悩んでいた。「まあ、遠い存在に思ってたなあ、当時は」

「それが今や、そのマンションに忍び込んで、漫画本を拝借するくらいの間柄なんだから、出世ってことじゃない？」

「本当だよなー」今村は飄々《ひょうひょう》と言う。「で、どう、俺と尾崎とどっちが恰好いい？」

大西はしばらく写真を見た。「どっちもどっち」

「どっちもどっちかあ」

「乙女座の人は譲歩しろ、って占いも言ってたくらいだから、譲ってあげれば？」

「あのさ、尾崎も乙女座だよ」今村が苦笑する。「しかも、生まれた日にちも一緒」

「え、そうなの」そんなことまで知っている今村のほうが可笑《おか》しかったが、そこではたと気づいた。大西も以前、自分と同じ誕生日の有名人を調べたことがあった。今村が、尾崎に関心があるのは、そういった仲間意識からかもしれない、と腑《ふ》に落ちた。だからこそ彼は、比較されることに敏感なのだろう、と。

途中でコンビニエンスストアが横に見え、そこで大西は、「何か小腹が減った」と買い物を提案した。お菓子でも買おうじゃないか、と。今村も同意した。ただ、店の駐車場を通り、自動ドアの直前までは行ったのだが、店内に足を踏み入れることはしなかった。その直前、店の中に見知った顔を発見したからだ。

「あれ」と今村がまず言った。

「あの女」店内を見て、大西もすぐに分かった。先日、尾崎の家に電話をかけてきた、幼顔の女がいたのだ。短い髪に、華奢《きゃしゃ》な体つきをしている。

「ああいう女を好きな男って多いんだろうねえ」と大西はまた言ってしまう。

「こんなところで偶然」今村が驚いている。

「偶然じゃないかもよ」大西は入り口脇《わき》に停まる車を顎《あご》でしゃくった。そこには、黒いセダンが停まっていた。車種自体には見覚えがあるような、ないような、という具合だったが、ナンバーは見知ったものだった。今村が陸運局からもらってきた書類にあったナンバーだ。

「あ、この車」と今村が言った。

「あの男の車」大西はうなずく。

「仲良さそうだよ」今村がぼんやりと店の中に眼差《まなざ》しを向けていた。

例の女が、店員のレジの操作が終わるのを待っている。隣には、背の高い男が寄り添っていた。パーマをかけているのか、髪が波打っていて、優雅な外見に見えた。肌は健康的な褐色だ。

「あの男が、落合修輔ってことはないよね？」

「いや、あるかも」今村が言ったあたりで、店内から彼らが出てくる。慌《あわ》てて大西は、今村の腕を引っ張り、すぐに後ろへ向いた。背後で自動ドアが開く気配があった。車のドアの開閉音が聞こえる。エンジンがかかったかと思うとほどなく、車が大西たちを追い抜き、車道へと出て行った。

あの女と落合修輔はどういう関係なのだ、と大西は、車の消えた方角を眺めながら考える。

ちょうどその時、携帯電話の鳴る音がした。今村が慌てて電話を取り出し、耳に当てる。

「あ、どうもです」と電話に向かって喋《しゃべ》る声が駐車場に響いた。「ナンバーの件、黒澤さんの教えてくれた通りで、無事に分かりました。でも、それとは別で、さらによく分かんないことになっちゃいましたけど」

「俺たち、馬鹿《ばか》にされてるってことですかねえ」今村は後部座席から乗り出し、運転席の黒澤に訊《たず》ねる。

黒澤はつい先ほどまで、仙台市の北、高級住宅街で下調べをしていたらしかった。

ふと今村のことが頭をよぎり、無事に陸運局で調べられただろうか、と気になって電話をしてきたのだという。まるで保護者のようだ、と大西がからかうと、「確かにそうだな」と黒澤はうなずいた。「しかも、今村の話を聞いたら、さらに心配になって、こうして迎えに来たくらいだからな」

黒澤はわざわざ遠回りをし、コンビニエンスストアの駐車場に寄ってくれた。「この間は俺が送ってもらったから、今日は逆に、おまえたちを送っていくよ」

大西と今村はとりあえず、駐車してくれた黒澤の車に乗り込み、状況の説明をした。

「別に馬鹿にしたわけではないだろう。嘘《うそ》はついていたんだろうが」

「付き纏《まと》われている、とか言ってたくせに、実際は落合修輔と親しげだったからねえ」大西は舌を出す。

「どうして嘘をついたんだろ」今村が不満げに言った。「俺を騙《だま》して、何が嬉《うれ》しいって言うんだ」

「おまえに嘘をついたんじゃない。そうだろ。もともと、その女は、尾崎の部屋に電話をかけてきたんだ。騙そうとしたのは、尾崎のことをだろう」

「そう言われてみればそうだ」今村はすぐに納得の声を出す。

「でもどういうことなんだろ」大西は今までの成り行きを思い返し、首を捻《ひね》る。女は、尾崎のところに、助けを求める電話をかけてきた。もとはと言えば、男に絡《から》まれているところを尾崎が救ってくれたのだ、と女は言っていた。

「おそらく、尾崎が、女を救ったのは本当にあったことなんだろう」黒澤は断定した。

「ただ、その時の彼女は、男に絡まれていたのではなく、たまたま、落合修輔と口論でもしていたのかもしれないな」

「尾崎が勘違いしてしまったってことですか」

「正義感のあまり、先走ってしまったんだろ」

黒澤がハンドルを右手の指で撫《な》でるのが、大西から見えた。

「だとしたら、どうして、わざわざ女は、尾崎の家に電話をしてきたんだろう。呼び出して」大西は、あの夜に聞いた留守番電話の声を思い出す。

「呼び出して、引っ掛けるつもりだったんじゃないのか」と黒澤が言う。

「引っ掛ける?」

「脅して金を奪うだとか、もしくは、女に誘惑させたところに、男が現われて、『よくも俺の女に手を出しやがったな』と言うだとか」

「美人局《つつもたせ》って、二十一世紀でも有効なんですか?」大西は思わず、聞き返してしまう。使い古された手法に思えた。

「若い女が誘えば、大半の男は無防備になるんだろ。たぶん、二十一世紀の男もそうだ」と述べる黒澤は、決して無防備にならない様子に見える。

「黒澤さんは見てきたように喋る」

「嘘つきは泥棒のはじまりだから」黒澤は運転席にもたれ、前をじっと眺めているようだった。「俺の言うことは信用するな」

「俺なんて嘘ついた覚えもないのに、気づいたら泥棒になってましたけどね」

大西は腕時計に目をやる。日はずいぶんと傾き、周囲は薄暗くなり、夜らしさを演出しはじめている。右側のガラスに額をつけ、コンビニエンスストアの店舗を眺めていると、あっという間に一日が終わっちゃったなあ、と思わずにはいられず、「何だかなあ」とこぼしていた。わたしの一日はこうやってあっという間に過ぎてしまい、その一日の集積である一生も、あっという間に過ぎ去ってしまうのではないか、と怖くなる。

「あ、そうだ、お菓子を買うはずだったんだ」今村が、そもそもコンビニエンスストアにやってきた目的を思い出し、言った。

とたんに腹が反応し、小さく音を鳴らす。「そうだねえ。何か買ってきてよ。わたし、コンソメ味のポテトチップスが食べたい」

「コンソメね、了解了解」と今村が軽快に言う。「黒澤さんは、何味?」

「俺は特にいらない」黒澤は素っ気無かった。「間食は嫌いなんだ」

「間食がない人生なんて」と大西は思わず言ってしまう。

じゃあ行ってくるよ、と今村は財布だけを持ち、車から飛び出していった。

しばらくして、黒澤が息を吐くのが運転席から聞こえてくる。

「何だか、彼のわがままに付き合ってもらって、すみません」と大西はとりあえず、謝罪を口にした。「この間といい、今回といい、やっぱり黒澤さんと喋ると落ち着くみたいです」

「俺も関係なくはないからな」

「何の関係ですか?」泥棒仲間だから? と大西は首をひねる。

「そもそもは俺が余計なことを」

「ああ、最初、尾崎のマンションのことを教えたのは黒澤さんだったんでしたよね」大西は思い出す。「でも、そんなことを気にするなんて、黒澤さん、やっぱり良い人ですよねえ」

「いや」黒澤は照れると言うより、誤解を心底恐れているようだった。「俺は良い人間じゃない」

「泥棒だから?」

「まあ、そうだ」黒澤が言う。「泥棒をするってことは、それによって被害を受ける誰かがいるってことだ。いくら、言い訳しようと被害者を作っているのは間違いない。なるべく、相手の苦痛を減らそうとは思うが、ただ、最終的には」

「最終的には?」

「相手がどうなろうがあまり気にならない」

「本当ですか?」今村から話を聞いている限りでは、黒澤は他人の感情を蔑《ないがし》ろにはしない人間に思えた。そう言うと黒澤は自嘲《じちょう》気味に笑った。「俺は、他人を蔑ろにするよ」とあっさりと言った。「いろいろと気にはかけるが、最終的には、『だから?』としか感じない。だから、どうかしたのか? 俺はあいつじゃない。まわりの人間に問題があると、俺の生活にまで影響が出るかもしれない。だから、できれば他人も幸せになってほしいが、その程度の関心しかない」

黒澤はその後、無言になり、車内はしんとした。静寂が続くのは緊張感があって、早く今村が戻ってこないかな、と大西は窓の外を見やる。何をのろのろしているんだ、と苛立《いらだ》ちすら覚える。

「どうして君は、あいつと付き合ってるんだ?」

「唐突な質問ですね」大西はたじろいだ。そして、自らにその質問をあらためて、ぶつけてみる。ぶつけられた自分自身が必死に答えを探す。「なんとなく」思うより先に言葉が出た。「ですかね。なんとなく、一緒にいます」

キリンを見せてもらうまでは一緒にいたいですね、とも言いたかった。

「なんとなく、か」黒澤の口調は淡々としていたが、それだけに大西は自身の不貞の罪が追及されているのではないか、と錯覚する。慌てて、「あ、でも好きですよ、もちろん」と言い訳がましいことを付け足してしまう。

「いや、別に、問い質《ただ》しているわけじゃない」黒澤が笑った。「ただ、あいつは不思議な男だから、近くにいる君がどういう感覚で一緒にいるのか知りたかっただけだ」

「不思議ですか?」大西は疑問形で発音した後で、「ま、不思議ですよね」と言い直す。「賢いのか馬鹿なのか」

「賢いのか馬鹿なのか」黒澤も同じ言葉を口ずさむようにした。

「あっけらかんとした強さ、みたいなのは持ってますけど」

「そうだな、あいつは強い」

「愚痴とか悪口とか言わないですしね」

大西は前日に会ったばかりの、今村の母親の鷹揚《おうよう》で潑剌《はつらつ》とした人柄を思い出し、ああいう親の血を引いているからだろうか、と思った。「でもまあ、そんなに酷《ひど》い目に遭っていないから、大らかでいられるだけかもしれないですけど。半年前に健康診断を受けた時も、健康体そのもので喜んでましたし」

だいたいが、健康診断と空き巣とは、どこかそぐわないような印象もある。

「いや、大変だよ、あいつは」黒澤の声はどことなく、しめやかな質感を伴っていて、大西は意外に感じた。

ドアが開いた。

達成感を漲《みなぎ》らせた今村が、「ただいま買ってきました」とビニール袋を持って、後部座席に乗り込んできた。嬉しそうに、「はい、これ」と大西にスナック菓子の袋を手渡してくる。大量に買ってきたわけでもないのに、車内が袋で占拠されたように思えた。今村もスナック菓子を手に持っていて、荒っぽく袋を破く。大西も釣られるかのように袋を開け、手を入れた。

「音は美味《うま》そうなんだよな」と黒澤がからかうように言った。

「いや、味も美味いっすよ」今村は次から次へと口の中にチップを押し込み、車を廃棄するプレス工場さながらのばりばりという音とともに、乱暴に咀嚼《そしやく》した。正しい食べ方には違いないが、大西としては、黒澤の車のシートに菓子の欠片《かけら》がこぼれたらどうするつもりなのか、と気が気ではない。しかも、「ポテトチップスって、複数形だから、これ一枚一枚はポテトチップっていうのが正解なんでしょうね」などと菓子を摘《つま》んで、訳の分からないことを呟《つぶや》いているのを見ると、この能天気な男は本当に不思議だなあ、としか思えなかった。

「あ、これ、コンソメじゃないじゃん」大西はひとつかみ口の中に放り入れ、食べた後で気づいた。袋を持ち上げると、大きな文字で、「塩味！」と書かれている。語尾に感嘆符がつく理由は判然としなかったが、それでも、コンソメ味ではないことははっきりしている。

「そういう菓子は、コンソメと塩の違いが分かるものなのか」運転席の黒澤が笑う。

今村は自分の抱えている袋を見て、「こっちがコンソメだった」と舌を出した。その舌には食べかけのポテトチップスがついていて、汚らしい。「ごめん、ごめん」と今村は慌てて、袋を寄越してくる。

大西は、ぼうっとしてるとぶっとばすよ、ととりあえずは怒ってみせ、自分の手元の袋を差し出した。ただ、今村がそれに手をかけたところで、「やっぱり、やめた」と引っ張る。

「やめた？」

「塩味も食べてみたら意外に美味《おい》しいから」大西は本心からそう言ったのだが、信じていないのか、今村は一瞬、動きを止め、大西をまじまじと眺めた。

「嘘じゃないって」大西は声を大きくし、塩味の袋を引っ張った。「コンソメ食べたい気分だったんだけど、塩は塩で食べてみるといいもんだね。間違えてもらって、かえって良かったかも」

今村はそれでもなお、大西を見つめ、無言のままだった。

「何よ」

「いや」

「何か、問題ある？」

「いや、そうじゃないんだけど」言いながら今村が目を潤《うる》ませた。

大西は驚いてしまい、「はあ？」と眉《まゆ》をひそめた。

気になったのか黒澤もバックミラーに目をやり、今村の様子を窺《うかが》っている。

そうしている間にも今村は瞳《ひとみ》から涙の粒をぽろぽろと溢《あふ》れさせた。

「ちょっと何で泣いてるわけ？　そんなに塩味食べたかった？　いいよ、別に」泣くことはないだろうに、と大西は思う。

今村は無言で泣きじゃくり、自分の持つ袋に手を入れるとポテトチップスを口に入れた。泣きながら嚙《か》む菓子が美味いとも思えなかった。

「ちょっと、黒澤さん、彼が変なんですけど」

9

「何だ、おまえら」落合修輔は玄関を開け、靴を脱ぎ、廊下を通り、ワンルームの部屋に入ってきたが、そこで、当然のように座っている大西たちに気づき、目を丸くした。怒り口調ではあったが、声の震えには怯《おび》えがまざっている。落合修輔の背後には、例の幼顔の女が立っていて、やはり驚きの表情をしていた。

「何で俺の部屋にいるんだよ」と彼はもちろん、その質問をぶつけてきた。

結局、大西たちはコンビニエンスストアから黒澤の車に乗り、落合修輔のアパート前までやってきた。すると、外に出てくる落合修輔たちを目撃したので、今村と大西はその隙《すき》に部屋に忍び込んだのだ。

「いや、たまたまね」今村が平然と答える。「たまたま、このアパートの前を通りかかったら、この部屋のドアが開いてて、危ないなと思ったから、わざわざ留守番してあげてただけでさ」

一時間ほど前、黒澤の車内で意味不明の涙を流していたのが嘘《うそ》のようで、今村はどこか嬉々《きき》としている。

「鍵《かぎ》が開いてたわけがねえだろうが。俺は締めていったんだからよ」

落合修輔の手にはレンタルビデオ店の袋があった。近所の店に借りに行っていたのだろう。

「じゃあ、俺たちが来る前に、どこかの泥棒が入ってたんじゃないのかな」

はじめは、当初の予定通り、血の落書きを施そうとしていたのだが、今村が急に面倒臭がって、やめた。霊的にしなくて良いのか、と確認すると、いいよもうだいたい血を用意するの忘れてた、とあっさり言う始末だった。

「警察呼ぶからな、おまえら、ふざけんじゃねえぞ」落合修輔が怒っている。

「警察呼んじゃうの?」今村が手に持ったコップを口につけた。中には、台所の冷蔵庫で見つけた、コーヒー牛乳が入っていた。ふざけているといえばこれほどふざけた行動もあるまい、と大西は思う。

「俺たち留守番して、くつろいでるだけなのに、警察呼ばれたらやってられないよ。良かれと思って、やったのに」

落合修輔の顔面が紅潮し、目が吊《つ》り上がった。「おい、電話しろよ、警察」と女に命じる。

「何て？」女は困惑していた。

「知らねえよ。とにかく電話しろって」

「だいたい、そっちだってどういうことなわけ？」今村がコップのコーヒー牛乳を飲み干した後で、落合修輔たちを指差した。いまだ、二人は部屋のドアのところに立ち尽くしている。「君はさ、尾崎のところに助けを求めてきたじゃないか。電話をかけて、男に付き纏《まと》われているって言ってたし。でも、この男って、あの車を運転していたやつだろ。仲が良さそうだよね。おかしいじゃん。嘘ってこと？」

「おかしいおかしい」大西も強く、うなずく。「何か企《たくら》んでるんだろ、どうせ」

落合修輔と女は顔を見合わせ、険しい表情になった。

「どうせ、尾崎を呼び出して、痛い目に遭わせるか、そうじゃなかったら、助けを求めるふりして何か騙《だま》そうとしてたんじゃないの？」今村は、先ほど黒澤が言っていた推測を、さも自分の推察であるかのように、喋《しゃべ》った。

落合修輔ははじめ、何かを言い返そうと、「おまえら、いい加減なことを」と憤《いきどお》ったが、急にうな垂れて、髪をくしゃくしゃと掻《か》いた。「面倒臭えな、まったく」

その反応を見て大西は、「当たらずとも遠からず、でしょ？」と勝ち誇ってみせた。

「あんたたちの考えることなんて、丸分かりなんだからさあ」

今村がコップを床に置く。ゆっくりと膝《ひざ》を立て、さて、と立ち上がった。床が、きしっ、と鳴る。一歩二歩と落合修輔に寄る。「俺の尾崎をこけにしようとしたなんて、許せないね」

俺の尾崎、とは大きく出たものだ、と大西はからかいたくもなる。

「ちょっとふざけただけじゃない」今まで黙っていた女が、そこでむすっと言い返した。「正義漢面《せいぎかんづら》されて気持ち悪かったんだってば、あの男」

「尾崎はスポーツ選手で、根がまっすぐだから、女の子が困っていたら助けるに決まってんだよ」今村は、尾崎の親友になったかのような言い方だった。

「野球選手だったなんてよ」落合修輔が鼻に皺《しわ》を作った。「ぜんぜん知らなかったし、そんな選手。どこ守ってたの？　どこのチーム？」

「まだ、今も現役なんだよ」

「どうせ、へぼなんだろ？」

「うるせえな」そこで今村が怒鳴った。彼らの立つ、隣の壁を左の拳《こぶし》で思い切り、殴った。狭いワンルームの部屋が激しく、揺れる。「尾崎を何だと思ってんだ！」とそう声を張り上げる今村の横顔は、大西が見たこともない形相となっている。

「落ち着いて、落ち着いて」大西は慌《あわ》てて立ち上がり、今村の背中を撫《な》で、柄にもなく、なだめた。

どうして急にそこまで今村が激昂《げっこう》したのか、訳が分からなかった。落合修輔の口ぶりは生意気だったが、むきになるほどのものでもなかった。

今村は肩で呼吸していた。大西が背をさするに従い、少しずつ落ち着きはじめた。ように見えた。見えただけだった。ほっとして大西が手を離すと、そこでまた突発的な噴火を起こし、今度は足を素早く振って、横に置いてあった小さなカラーボックスを蹴《け》り飛ばした。中に入っていた漫画本やCD、そしてどこに束ねてあったのか、絵葉書のようなものがいくつも散らばった。

「どうしたわけ」大西は、今村の行動に動揺する。

「どうしたらいいのか分からねえよ」今村は駄々をこねる様子だった。「訳分かんねえよ」

訳が分からないのはこちらだ、と大西は思った。落合修輔と女も思ったに違いなかった。

大西は身動きが取れず、すぐには言葉も発せられない。落合修輔と女が少なからず怯《ひる》み、たじろいでいたのは、その大西の動揺を見たためだったかもしれなかった。仲間の大西ですら啞然《あぜん》としているのだから、これはかなりの異常事態で、危険な展開になりつつあるぞ、と彼らも直感したのだろう。実際、大西の目から見て、これは異常事態で、危険な展開になる嫌な予感があった。

「まあまあ」と大西はもう一度、今村の背中に触れ、なだめた。落合修輔と女を睨《にら》んだ。「とにかく、あんたたちも反省して、二度と尾崎を騙したりしないこと。分かった?」と若干、早口で言った。どうでも良いからこの場を収拾すべきだった。子供の喧嘩《けんか》を収めるのに似ている。

「こっちの台詞《せりふ》だよ。もう二度と構わないでくれよ」ぼんやりとではあったが、落合修輔は返事をした。

大西はとにかく、今村の状態が気になった。落合修輔と女のことは二の次だ。「じゃあ、もう二度とやらないように。やったら、また来てぶっとばすよ」と乱暴に釘《くぎ》を刺し、今村を引き摺《ず》ると玄関へ向かった。靴入れに隠してあった靴を引っ張り出し、今村に履かせ、アパートを出た。早く、はい、しっかり歩いて、と声をかけていると、自分が母親にでもなった気分だった。

「どうだった」アパート前に停車してある車に戻ると黒澤が後ろを振り返り、言ってきた。彼の手元には文庫本が開いたままとなっている。「うまく、その若者たちを叱《しか》りつけられたか？」

「まあ、一応」と大西はうなずいた。それから、今村の肩を突く。「でも、彼が急に、わあわあ騒いでよく分からない感じになりましたけど」

黒澤は黙って、今村を振り返る。

「尾崎の悪口を言われたら、興奮しちゃって」大西は言ってから、あれは悪口というほどのものではなかったな、と思う。「ねえ、君はさ、尾崎のファンなんでしょ？熱狂的なファンなんじゃないの？　だから取り乱したんでしょ？」同じ乙女座の同日生まれの、強い絆《きずな》で結ばれているから、と言いたくもなった。

今村は車の中に入り、黒澤の顔を見たから、というわけでもないだろうが少しずつ、平静を取り戻している。子供が自らの失態の照れ隠しにむくれるように、下唇をぬるっと突き出し、不愉快さを前面に出した。そして、シートの後ろ側に置いてあったポテトチップスの袋を手元に引っ張ると、口の中に入れはじめる。スナック菓子のやけ食いだ。

「送っていくぞ」黒澤は、今村に事情を訊《たず》ねることもなく、鍵を回した。出番が来た、とばかりに車が身震いをはじめる。

すっかり暗くなりはじめた町の中を、車は滑らかに走っていく。

「黒澤さん」大西の隣の今村が途中で言った。あまりにも突然で、朦朧《もうろう》とした口ぶりなので寝言にも聞こえた。現に今村は窓に額をつけ、眼を瞑《つぶ》っている。「黒澤さん、俺、どうすりゃいいんですかね」

「どうしたんだ」黒澤の声は優しいとも、ぶっきらぼうともつかない。

「生きてるの、つらいっす」

大西はその言葉を聞きながら、一年前にビルの屋上から飛び降り自殺をしようとしていた自分のことを思い出した。あの時、「キリンに乗っていくぞ」と嘘をつき、自分を救いに来た今村の、あの力強さはどこへいったのか、と不思議に思う。

「そうか、つらいか」黒澤が言う。そこで、「みんな、つらいよ」と言わないところが偉いな、と大西は思う。

「俺、つらいっす」

「おまえは偉いよ」

「偉くないっすよ」

「いったい何の話してるわけ？」

「俺、どうすりゃいいんですかね？」

「何もしないでいいんじゃないのか」

黒澤が答えるのを耳にしながら、大西は自分の瞼《まぶた》が重くなっていることに気づく。

眠いな、と思ったら眠っていた。

10

アパートの前に着くと、黒澤が起こしてくれた。どうやら今村も眠っていたらしく、目を擦《こす》り、「着いたのか」とささやいている。

車を降り、黒澤の車が去っていくのを見送った。達成感よりも疲労感を持て余し、足取り重く今村と二人でアパートへ戻ったのだが、階段を上ったところに今村の母親が立っていて、大西は思わず、噴き出してしまった。「いきなり登場ですか」

「母ちゃん」と今村が大声を出した。

「あんた、電話しても出ないし、まどろっこしいからさ、直接来たよ」

「どうしてうちの場所分かったんだ。というよりも、いつからここで待ってたんだよ」

「あんた、前に一度、自分の荷物を宅配便で送ってきただろう？　その伝票がほら」

と今村の母はよれよれとなった伝票を振った。ずいぶん古い紙切れに見えた。そんなのずっと保管してたのかよ、と今村が呆《あき》れていた。大西も同様のことを口にしそうになったが、それは呆れとは別の感情からだ。

「わたしはさ、若い頃は彼氏の家の前でよく待ってたんだから、息子の帰りを待つことくらい、何てことないよ。今で言う、ストーカーって奴《やつ》だよ、ストーカー」

「そういうことを息子に言うなよ」今村は半泣きの声を出した。

「はじめましてー」今村の母は、息子の苦情を聞き流し、大西に笑いかけた。しれっとしたものだった。

「はじめまして」と大西も話を合わせ、名前を名乗った。前日にすでにたっぷりと話をしているにもかかわらず今村の母は、「おい、おまえ、この子、どういう関係の娘さん？」などと問い質《ただ》した。言葉に詰まり、狼狽《ろうばい》する今村の様子を楽しんでいた。果たして何と答えるのだろうか、と興味津々《しんしん》で、助け船も出さず待っていると、今村はしばらくして、「どういう関係って、そりゃ、良好な関係だよ」と口から搾《しぼ》り出すように、答えた。

「肉体関係もあります」と大西がすかさず言うと、今村の母が大口を開けて、爆笑している。

息子の部屋を覗《のぞ》いた今村の母は関心を示したものの、「こんな汚いところで喋《しゃべ》るのもなんだし」と率直な意見を言い、居酒屋にでも行こう、と主張した。

「あのさ、俺、疲れてるんだよ」今村は言ったが最終的には、いいよ、と同意した。久しぶりに訪れた母親を追い返すのは忍びなかったに違いない。「若葉さん、これから居酒屋行ける？　疲れてない？」と気遣ってきた。

「大丈夫。大丈夫。疲れてるけど、君のためにわざわざ無理して、付き合うよ」

居酒屋の座敷ではひたすらに酒を飲み、揚げ物を食し、今村の幼少時代の話題で盛り上がった。今村の幼少時代の話題はすべて、彼の失敗談ばかりで、その中のいくつかは一日前にすでに聞いているものではあったが、愉快な他人の失敗談は何度聞いても面白く、大西は楽しかった。

「失敗した話だけじゃなくて、俺がいいことをした話も喋ってくれよ、母ちゃん」中ジョッキ二杯目ですでに顔面を赤くしている今村が、前に座る母親に要求する。ろれつが回っていない。

「あれば話すんだけどね、あればね」今村の母は、中ジョッキを何杯も空けた上に、活躍のフィールドを日本酒へも広げていたが、まるで顔色は変わっていない。素面《しらふ》同然に見えた。親子でもずいぶん体質が違う、と大西は思った。それを見透かしたかのように今村の母が、「うちのお父ちゃんも酒豪だったんだけどね、忠司の弱さは隔世遺伝か何かかね」と首を傾《かし》げる。

酔いが回っている今村は疲れのせいなのかうつらうつらとしはじめていて、「酒に強けりゃ、偉いのか」とくだを巻き、そのうちにテーブルに突っ伏す姿勢で完全に眠ってしまった。

とうに零時近くになっていると思ったが、時計を見れば意外にもまだ夜の九時というところだった。座敷から首を捻《ひね》ると、高い位置にテレビが設置されていて、野球の中継が流れていた。

「彼は、子供の頃、野球とかやってました？」鼾《いびき》をかきはじめた今村を眺め、大西は訊《たず》ねた。枝豆を口に入れ、皮を出す。

「まあ、熱心ってほどじゃなかったけどね。小学生の頃は地元の野球チームに入って、やってたよ」

「ホームランバッター？」

「まさか。二番バッターでこそこそした感じの」今村の母は言ってから笑う。

「ああ、っぽいですね」

「でもね、根が真面目《まじめ》だから上手《うま》かったよ」

「ああ、っぽいです」と大西はまた言ってから、「尾崎選手のファンだったとかそんなことあります？」と声をひそめた。

「尾崎？」今村の母は眉間《みけん》に皺《しわ》を寄せ、しばらく黙った。少ししてから、「ああ、あの尾崎君。プロの」と言った。

「そうそう、プロの」大西はテレビを指差す。

「応援してたよ、うん」今村の母は過去の記憶が急に甦《よみがえ》ったかのようで、自分自身で、そうだったそうだった、とうなずいている。「地元の星でさ、忠司にとってもヒーローだったよ。野球ヒーロー」

野球ヒーローという呼び方は、和洋折衷の安っぽい印象があって、語呂《ごろ》も良いとは言えず、大西は微笑《ほほえ》ましく感じた。「やっぱり、ファンだったのかあ」

大西はまた枝豆を手に取る。食べたい、というよりは惰性だった。惰性で食われる枝豆もあんまりな立場だな、と思う。

今村の母は、伸ばした右手の箸《はし》を刺身の皿に突き刺し、眠る自らの息子に眼差《まなざ》しを向ける。「でもまあ、尾崎君、最近は試合にも出てないみたいだねえ」と嘆いた。

「みたいですね」大西も言う。

「この間、地方テレビにちょっと出ていたのを観《み》たけどさ、元気なさそうだったし」

「そうでしたか」

「高校時代は向かうところ敵なし、って感じだったけど」今村の母が言うには、そのテレビ番組で尾崎は、「あの頃は何でもできる気分でしたよ。万能だと思ってました」と自嘲《じちよう》気味な発言をしていたらしかった。

後ろ向きだ、と大西は軽い嫌悪感《けんおかん》を抱く。

「まあ、試合に出られないのは、監督と反りが合わないところもあるみたいだけどね」

「裏事情に詳しいですね」からかうように大西は言う。

「それがさ、尾崎君のお母さんの実家って、うちの町なのよ。だから、後援会ってほどでもないんだけど、熱心に応援してる人がいてね、その人が言ってたのよ。監督が悪いって。まあ、眉唾《まゆつば》ではあるけどね」今村の母は言ってから、通りがかった店員に、「今から飲み放題に切り替えられる?」と確認した。無理ですよ、とあっさり断られる。「世の中、無理なことばっかりねえ」と感じ入った言い方をした。

「あ、そうなんですか」大西が訊ねる。

「知らないの？　無理なことばっかりだよ、世の中は」

「そうじゃなくて、尾崎選手のお母さんって」

「あ、そっち？　そうそう。うちの町出身でね。わたしより一回り年上で、結婚後は出産の時しか、こっちには戻ってきていなかったみたいだし、親しくはないけどね」今村の母は言って、眠る息子の手元に置かれた中ジョッキを手に取ると、今村の残したビールを飲み干した。「しかも、去年に亡《な》くなっちゃったからね、ますます、うちの町との縁はなくなったけど」

「亡くなったって誰がですか？」

「尾崎君のお母さん。悪かったみたいでね」

「悪かった、って何がですか？」

「心臓が」

大西はテレビ画面に目をやるが、もちろん、尾崎が打席に立っているはずもなく、見知らぬ外国人バッターが大きな空振りを披露したところだった。

「彼って、尾崎選手と同じ日に生まれたって聞きましたよ」大西はふと、今村が言っていたことを思い出した。

「あ、そうそう。そうなんだよね。面白いもんだよ」今村の母は箸を器用に使い、刺身のつまを掬《すく》うと醬油《しょうゆ》をつけ、しゃくしゃくと味わう。

「同じ日に同じ病院で生まれたっていうのに、違うもんだよね」

「え」食べながら喋られたものだから大西には、彼女の言葉が聞き取れなかった。もう一度、話を聞いた瞬間、大西の頭には閃《ひらめ》くものがあった。尾崎のマンションで漫画を読む今村の姿や、黒澤の声が脳裏を素早く、過《よ》ぎった。今村の母は長閑《のどか》に喋り続けていたが、大西の耳にはほとんど入っていなかった。


「あれ、今日は脱がないわけ？」居酒屋を後にし、半分倒れ掛かっている今村を肩で背負いながら、街路灯の並ぶ裏通りを歩いていると、横から今村の母が言ってきた。

「脱ぐって？」

「昨日、飲んだ時は、帰りにハイヒール脱いで歩いてたじゃない。どっから持ってきたのか、傘を担《かつ》いで、そこにハイヒールを引っ掛けて」

「ああ」覚えてはいなかったが、自分がそういったことをよくするのは間違いなかった。「今日はあんまり酔ってないですから」

「あれは、酔った時にだけやるわけ？」

「まあ、足があついと靴が邪魔でして」

「自由な雰囲気で、良かったけどねえ」

「評価してもらったのは初めてですよ」

「忠司は何て言うわけ、そういう時に」

「彼は一緒に飲みに行く時には、先を見越して、靴入れを持ってきますよ。小学生の靴入れみたいな」

わが子ながら気が利《き》くねえ、と今村の母が愉快げに言った。「でもさ、今日はどうしてそんなに飲まなかったの」

「行きたいところがあるんで」大西は正直に言った。今村をアパートに置いたら、黒澤に会おうと決心していた。今村の携帯電話を見れば、黒澤の連絡先は分かるだろうし、おそらく、黒澤も会うことを厭《いと》わないのではないか、と思った。

11

仙台駅を東へまっすぐ向かった場所にあるスタジアムは、数年前に改装が行われ、大西が以前に行った時に比べると、見違えるように綺麗《きれい》になっていた。地元球団のチームカラーと合わせたのだろう、座席やフェンスの色は、濃い紺色と水色で統一されていた。大西たちは、夜の六時の試合開始時間直前にやってきたのだが、日が暮れ始め、ライトが点《つ》くと、その青色が引き立った。

地元球団の好調ぶりに加え、対戦相手が東京を本拠地とする人気球団とあって、どこの席も観客でぎっしり埋まっている。三回の裏が終わって、両チームとも得点がなく、緊迫した展開となっていた。

「やっぱりいいなあ。外野で観《み》てるとお祭りみたいでさ」大西の右側の席にいる今村は、椅子《いす》に座ってはいるものの落ち着きがない。少し身を乗り出し、マウンドを指差し、「あの相手のピッチャー、今年のルーキーなんだよなあ、凄《すご》いな」とぶつぶつ言った。

「わたしも誘ってもらっちゃって良かったのかねえ」と言ったのは、今村のさらに右に座る、今村の母だった。先日会った時とは別のデザインの、けれどやはり囚人服に似た、服を着ている。

「お礼ですよ」大西は、今村の横の彼女に言う。

「お礼って、何の？」

「このシャツの」大西は自分の着ている青いシャツの胸元を指で引っ張った。

「でもさ、どういう気紛《きまぐ》れなわけ。急にナイター観に行こう、とかって」今村が、大西に訊《たず》ねた。

「嫌だった？」

「嫌じゃないけど、急じゃん」

大西は自分の左隣にいる、黒澤を窺《うかが》った。

「たまたまチケットが手に入ったからな、どうかと思ったんだ」

黒澤が静かに言った。前の座席の列で、会社帰りと思《おぼ》しき背広の中年男たちが紙コップのビールを飲み干し、騒がしい。

「それにしても、忠司の知り合いにこんな立派な人がいるとはねえ」今村の母が、首を曲げ黒澤を見て、感嘆している。やってくる際の、車中での言動に感心したらしい。

「俺は立派ではない」黒澤が苦々しそうに言う。

「母ちゃん、黒澤さんは何でもできるんだぜ」と今村は少年が友人を自慢するかのように、自慢した。さらに、「もう一人、世話になってる人もいて、本当はその人にも会わせたかったんだけどなあ」とも言った。

「中村さんのこと?」大西が小声で確認すると、「そうそう、中村専務」と笑った。親分と呼ぶのはさすがに気が引けたのかもしれない。中村さんは会わせないで正解だったんじゃないの、と言いたくなったが、我慢した。

そうかい、また次の機会に会わせておくれよ、と今村の母が答えている。

「やっぱり、尾崎君は出ないんだねえ」

五回の裏が終わったところで、今村の母が言った。特に深い意図があった言葉でもなかったに違いない。寂しげでもなく、単なる感想に過ぎなかったのだろうが、大西は自分の顔が強張《こわば》るのが分かった。

「母ちゃんも尾崎を見たいのかよ」今村が言った。

「そりゃまあねえ。地元のスターだし」

「俺とどっちが見たい？」

「馬《ば》鹿《か》だねえ、おまえは」

　大西は二人の横にいることに、居たたまれなさを感じていた。そして、「スターの親になりたかった？」と今村が訊ねた時には思わず、まじまじと彼を見つめてしまった。今村は思い詰めた表情でもなければ、顔を引き攣《つ》らせてもいない。いつもながらの、のんびりとしつつも素直な面持ちだった。大西は自らの気持ちを落ち着かせようと、大きく息を吸った。空気が鼻の奥で、ひゅるひゅると震えた。

「スターの親ねえ」今村の母は興味もなさそうで、ぼんやりと返事をするだけだ。

「今日は、出るかもしれない」黒澤が落ち着き払った声を発した。

「出るって、何ですか」今村が、大西の前に顔を出し、黒澤を見た。

「尾崎だよ」

「まじっすか」

「俺の勝手な勘だがな」

「黒澤さんの勘は当たるっすよ」

当たるんじゃなくて当てるのだ、と大西は知っていた。

前々日の夜、突然、連絡を取り、会いに行った時、黒澤は、「尾崎を打席に立たせようと思うんだ」と大西に打ち明けてきた。そこは、黒澤の指定した、深夜でも開いているファストフード店で、あたりには客が大勢いたのだが、彼は声を潜めなかった。大西が話を切り出すより前に、すべてを見通している様子で黒澤は言った。

「打席に立たせるって、どうやって」

「実はさっき、あのアパートに戻った」黒澤は、あの、と言う時にどこか遠くを指差した。「さっき、君たちが行った」

「落合修輔の？　何のためにです」

「利用できると思ったんだ」

「利用？　何をですか」

「その、落合修輔と女をだ」と彼は言った。「思いつきで行動する若者は、脅して、利益をちらつかせれば、意外に言うことを聞く。君たちの話を聞いていて、あの男女はそういう、利用しやすい奴《やつ》らだと思った」

「何をどうしたんですか」

黒澤が言うにはこういうことだった。落合修輔のアパートに戻った彼は、再び、鍵《かぎ》を開け、中に侵入した。彼らはまさに、布団《ふとん》の上でお互いの服を脱ぎ、抱き合わんとす、という状態だったが、突如、現われた黒澤に驚き、飛び起きた。「そりゃあ、急に人が現われたら、怖いよな」と黒澤自身、申し訳なさそうに、大西に言った。

無防備なところを襲われた二人はかなりおびえていた。黒澤は、「俺は、先ほど来た若い奴の兄貴分で、あいつらが許しても、俺はおまえたちのことを許さない」とでたらめを言った。彼らは大人しく聞いていた。そして、本当であればここでおまえたちを痛めつけるところなのだけれど、今日は大安であるし、朝のテレビの占いでも、「人に優しく」と言っていたこともあるから、特別に、チャンスをやるよ、と説明した。

「チャンス?」大西は、黒澤を怪訝《けげん》そうに見る。

「プロ野球チームの監督を誘惑してほしい、と頼んだんだ。監督が仙台で常宿としているホテルの場所は調べてあった。監督が女好きであることも分かっている。あとは、仕掛ける女を用意するだけだった。それをあの女に頼むことにしたんだ」

「女に監督を?」監督に女を、と言ったほうが適切だろうか。

「ホテルの部屋を訪問させて、ファンなんです、と言えばいい。怪しむだろうが、俺の予想では八割方、部屋に入れる。実は前に実際、そうやっているのを目撃した」

「それから、どうするんですか」

「俺は、ホテルの部屋の鍵も開けられる。決定的な瞬間を狙《ねら》って、中に入り、証拠の写真を撮る。女を逃がす。その写真を使って、監督を脅す」

「『このことを黙っていてほしければ、尾崎を打席に立たせろ』って脅すんですか?」

「正確には、『次の試合、ここぞというチャンスが来たら、尾崎を代打に出せ』と言うつもりだけどな。どうでもいい打席に立ってもらっても張り合いがない」

「信じられない」

「監督にとっては、さほど、難しい条件じゃない。一打席だけでいいんだ。尾崎を代打に出して、金がかかるわけでもなければ、名誉が傷つくこともない。審判に向かって、一言、『代打、尾崎』と言うだけでいい。リスクはない。少々、批判は受けるかもしれないが、若いファンの女を部屋に連れ込み、ベッドで服を脱がせている写真が出回るよりはまだマシだろう」

大西は軽い眩暈《めまい》を覚え、船酔いになったかのようにしばらくは、気分が悪かった。

目の前の黒澤が、急に、危うさを伴った冷酷な存在にしか見えなくなった。「ずいぶん、危険なことをさせますね」

本心を言えば、あの幼顔の女がどうなろうと知ったことではなかったが、それにしても、乱暴なやり方だとは思った。

「男は反対した。女も最初は、嫌がっていたが、俺が脅しつけ、さらには報酬も出すと言ったら、最終的には承諾した。美人局《つつもたせ》に似たことはやったことがあるらしい」

「美人局って二十一世紀でも有効なんですね」

「ああいう、幼い顔した女を好きな男は多いんだよ」黒澤が苦笑する。「善は急げだからな、明日、やることにした」

「黒澤さんって、意外にずるそうですよね。ずるくて、怖い。目的のためには、あまり、他人のことを気にしないんですね」

黒澤は笑いもせず、「前にも言ったが、その通りだ」とうなずいた。

そこまでして、尾崎を打席に立たせようとする理由は、ある程度は想像ができた。それは大西が今、黒澤に会いに来て、確かめようとした事情と関係があるに違いなかった。

あの、と話を切り出そうとした。すると黒澤が先に、「一九五七年から一九七一年の間に、三十二件」と言った。

「何がです」

「ある報告による、赤ん坊の取り違え事件の件数だ」

「ああ」大西の声は喘《あえ》ぐように外に出た。やはり、自分の予想が当たっていた、と喜びよりも呆然《ぼうぜん》とする思いのほうが強い。

「どうして」と大西は、黒澤に訊ねた。

「戦後は自宅出産が大半だったんだ。それがちょうどその時代、病院施設での出産へと移行して行った。出産数とスタッフの数のバランスが悪かった。子供は次々産まれるのに、人手が足らない。てんやわんやの状況だ。そういう時代だから、取り違えが起きた。三十二件、という数字ももちろん判明したものに過ぎない。実際に起きた件数ははっきりしないだろうな」黒澤は言った。

「でも、彼が生まれたのはその年代よりは最近ですよ」

「あいつの生まれた町の状況は似ていたんだ。出産が重なっていた。偶然の悪戯《いたずら》という言葉は好きじゃないが、たぶん、それだ」

そこで大西は、居酒屋で聞いた今村の母の言葉を頭で反芻《はんすう》していた。「同じ日に同じ病院で生まれたっていうのに、違うもんだよね」と言った後で、彼女は、「ちょうど、あちらのお母さんが里帰りしてて、後で分かったんだけど、わたしが陣痛室でうんうん唸《うな》ってる時に、隣で産まれてたのが尾崎君らしいのよ。面白いでしょ」と微笑《ほほえ》んだ。

「どうして彼がそのことを知ったんですか」

「血液型だ」

「健康診断？」半年前に今村が受けていたのを思い出す。

「そこではじめて、自分の血液型を知った。両親の血液型の組み合わせとは矛盾することに気づいた。念のため、母親に健康診断を受けさせたが、やはり、ＡＢ型だった。母親がＡＢで、あいつがＯというのは、父親の血液型が何であれ、考えにくい。例外はあるがな。ただ、とにかくあいつは、俺に依頼してきた」

「依頼を？」

「俺は副業で探偵をやっている」黒澤は、そんな副業をやっていなければ良かった、と悔いているようでもあった。「あいつは自分が、養子ではないかということを疑っていた。それを調査してほしいとな」

「でも、養子ではなかったんですね」

「どこを調べても、養子ということはない。産んだ母親と血液型が食い違っている場合に、父親の浮気を疑うのも妙な話だ。それで、半信半疑ながらも、取り違えの可能性を調べたんだ。あくまでも念のために、だ。その日、生まれた赤ん坊を虱潰《しらみつぶ》しに当たっていったんだが、そこで、尾崎にぶつかった」

「どうやって確証を得たんですか」

「DNAの検査というのが今はできる」黒澤の表情は大きくは変わらなかった。「以前、仕事の関係で知り合った相手が、そういう会社で働いているからな、そいつに頼んだ。その彼が健康調査を名目に、当時、そこで生まれた何人かのもとを訪れて、粘膜を採取してくれたんだ」

「そこまでしてくれる業者がいるんですか?」

「あれも妙な縁だな」

黒澤は、これは偶然なんだが、その調査をしてくれた彼自身も、血の繋《つな》がりで悩みを抱えているのだ、と言った。世の中には本当に、いろいろなことがあるものだ、と関心もなさそうな言い方をした。

「で、調べたら」

「尾崎が、実際には、今村の母親の息子だと判明した」

やはり、と思いつつも大西は、頭の中が真っ白になった。

そして、今村と一緒に、尾崎のマンションに忍び込んだ時のことを思い出した。物色もほどほどに、漫画を読んでいた今村は、まるで友人宅で図々しく寛《くつろ》ぐようだったが、あれは、自分と入れ替わった男の生活を確かめていたのだろうか。

「俺の思慮が足りなかった」黒澤が言った。大西は言葉がうまく出ず、無言で聞き返す形となる。

「俺には、人にとって大事なことが分からない」と自嘲《じちょう》するわけでもなく、フライドポテトに触れながら、黒澤は続ける。「あいつと尾崎が入れ違いの人生を送っていた、と分かった時に、驚きはしたが、さほど重大なこととは思わなかった。だから、俺は当然のように、そのまま報告したんだ。おそらく、あいつのことだから、『え、まじっすか。びっくりですね』と言って、おしまいだと思ったんだ」

「本心でそう思ったんですか」

「そうだ」と黒澤はうなずく。

「でも、彼は、事実を知って、ショックを受けた」

「何にだと思う?」黒澤はその時だけ、自信がなさそうだった。「俺には分からない」と口に出した。「あいつは何にショックを受けたんだ?」

黒澤が、人に意見を求めることなどないと思っていたから、大西は戸惑った。黒澤自身も戸惑っている。

「たぶん」と大西は答える。一般の人たちのことは分からないが、たった一年の同棲《どうせい》生活の中でも、今村の性格についてはある程度、把握できているつもりだ。「たぶん、自分の母親と血が繋がっていないことにショックを受けたんではないと思いますよ」

「俺もそう思う」

「本当の母親に会いたいと思ったわけでもないと思います」

「じゃあ、何にショックを受けたんだ」

「お母さんを可哀想に思ったんじゃないですか？　『母ちゃん、本当だったら、もっと優秀な息子を持てたのかもしれないのに』とか」

ああ、と黒澤が納得したように息を洩《も》らす。「あいつなら、たぶん、それかもしれないな」


緊張感を抱えた投手戦はずっと続いていたが、七回の裏になって動きがあった。相手チームの新人投手に疲労が出はじめ、ワンアウトからではあったが、四球が二度続いた。打線が下位に回ることもあり、相手側は満塁策を取ることにした。七番の二枚目遊撃手が打席に立ち、観客の期待と声援を一身に受けたのだが、初球打ちの打球は、ファーストフライに終わった。

ライトスタンドからは溜息《ためいき》と嘆きの声がいっせいに漏れる。

大西はそこで左へ首を傾け、黒澤を見た。ツーアウト満塁のこの機会は、絶好の見せ場とも思えた。黒澤は冷めた眼差《まなざ》しをグラウンドに向けているだけだ。

眼下のベンチから監督が姿を見せたのは、その時だった。ゆっくりとした足取りで、横広の身体《からだ》を揺すり、ホームベースへと近づいていく。手を上げ、審判に何かを告げた。

『バッターの交代をお知らせいたします』というアナウンスが、少ししてから響いた。どこからともなく聞こえてくるその声が空中を舞うような気がし、大西は空を見回した。今村も上空をぼうっと眺めている。

『八番――に代わりまして、バッター、尾崎』

スタンドは予想外の代打コールにざわめいた。

重要なタイミングでの尾崎起用に、驚きつつも批判する声と、驚きつつも喝采《かっさい》する声とがちょうど半分半分という具合だった。メガホンが叩《たた》かれ、拍手が起きた。大西たちの前列に座る背広の男たちの誰かが、「何でここで尾崎なんだよ。何考えてんだよ」と言い、別の誰かが、「いや、面白えかもよ」と言い返す。どこからともなく、

「尾崎！」と叫ぶ声がしたかと思うと、それが誘い水になり、あちらこちらから、尾崎の名前を呼ぶ声が聞こえた。

今村はと言えば、口を開けたまま、震える指をグラウンドへ向け、顔を引き攣《つ》らせてもいる。少ししてから、「黒澤さん」とかすれた声を出した。「本当に出た」

「ああ」と黒澤が顎《あご》を引いた。「来たな」

前々日の晩に話を聞いた時、大西は、「今村を励ましたり、慰めたりするために、尾崎を打席に立たせるんですか」と黒澤に問い質《ただ》した。

黒澤は、「そういうんじゃない」と答えた。

「もしかして、黒澤さん、そこで尾崎が劇的なホームランを打ったりするとか期待してるんですか？」大西はそうも訊《たず》ねた。まさか、それで意気消沈している今村を元気付けることができればいい、なんて夢のようなことを考えているんじゃないでしょうね、と。

「いや」と黒澤が苦笑した。「だいたいが、本塁打が出たとして、それで、何か変わるのか？」と皮肉めいた言い方をする。「たかだかホームランで、人は救われるのか？」

なるほどその通りだ、と大西も思った。「ただのボールが遠くに飛ぶだけのことですからね」

観客席から尾崎の名を呼ぶ声が強くなった。

慌《あわ》てて目を向けると、ベンチ脇《わき》にいた尾崎が立ち上がり、歩いていく。打席に入る直前、膝《ひざ》の屈伸をする。バットを持ったまま、仰向け気味に腰を回す尾崎に、さらに声が飛ぶ。

「尾崎君、久しぶりだねえ」今村の母が嬉《うれ》しそうに言うのが聞こえてきた。

あれがあなたの本当の息子なんですよ、と大西は思うが、「本当の息子」とは何なのだ、と問い返す自分も内にいた。

「母ちゃん、ほら、尾崎だ」今村がグラウンドを指差しながら、隣の母親に言っている。「母ちゃん、よく見ろよ、尾崎がいるよ」

「分かってるよ。見えるし、見てるって」

母ちゃん、よく見ろよ、尾崎だよ、と今村は何度も繰り返した。「凄《すご》い奴《やつ》だよ、あいつは」

満塁を背負った新人投手が投じた一球目、尾崎は思い切り良くバットを振り、その場に倒れた。見事な空振りに、観客席から悲鳴が上がる。失笑がじわっとスタンド全体に滲《にじ》み、檄《げき》が飛んだ。今村が両手を頭に置き、目をぎゅっと瞑《つぶ》る。

スタンドの背後に立つ、巨大な照明が夜の闇《やみ》の中に、人工的な昼間を作り出している。

二球目、投手の投げたボールを尾崎は見送り、それがあっさりとストライクを宣告され、場内の落胆の色はいっそう濃くなった。

そんなもんじゃないだろ、と大西は思った。尾崎、あんたは地元では有名な高校球児だったんだろ？　わたしは知らなかったけれど、と。

呆気《あっけ》なく勝負がつくような予感とは裏腹に、そこからが少し長かった。尾崎がファウルで粘った。三球目、四球目とかろうじてバットに当たった打球が、右へ左へと飛び、そのたび詰めていた息を大西は吐き出す。

外野席の大西たちのずっと遠く、正面に、尾崎の姿がある。

目を凝らすとどういうわけか、まっすぐにバットを立て、身体を捻《ひね》り、しっかりとした姿勢で投手を睨《にら》んでいる尾崎の姿が、幼く見えた。紺地に水色の線の入ったプロ球団のユニフォームではなく、白く地味な、まさに高校球児の恰好《かっこう》そのもので、土であるのか泥であるのか、とにかく汚れまじりではあったが、しっかりと勇ましさを漂わせている。観客たちの動揺と緊張をよそに、彼一人が自分自身を信じ、つまりは坊《ぼう》主頭《ずあたま》の十代の頃と変わらぬ真剣さでそこに立っているのだと分かり、大西はぶるっと震えた。

五球目が投じられた。バットが振られ、ボールがかろうじて当たる。鋭角に飛んだ打球が、フェンスを揺らした。

右側にいる今村は手を大きく振って、「おーい」と声を出していた。「おーい、おざき、ここだぞー」と間延びした言い方をしていた。子供がべそをかくかのようだ。

「何、呼んでいるんだよ。馬鹿《ばか》だねえ」今村の母が笑っている。

尾崎、しょぼいファウルなんて打ってどうしたんだよ、と大西は内心で言っている。新人投手相手に必死になって、余裕がないじゃねえか、高校時代に万能だったのなら、今だって何でもできるんじゃないのかよ。大西の鼓動は速くなる。握る拳《こぶし》が痛い。

右側で今村がほとんど祈るような体勢でいるのを横目に、大西は大声を張り上げる。

「野球ヒーローだったんじゃねえのかよ！」ぶっとばすぞ。

直後、投手がセットポジションから投げた球を、尾崎のバットが叩いた。

あ、と大西は言い、隣の今村も、あ、と言い、おそらくはスタンドにいる観客全員が、「あ」と言った。

スタジアムの芝と土の色が、照明で美しく映えていた。外野席の大西は反射的に座席から立ち上がり、拳を振る。頭が空洞になり、一瞬ではあったが、無音になった。

歓喜の波がスタンドの観客たちを覆《おお》い、今村は溢《あふ》れ出る涙を拭《ぬぐ》いもせず咆哮《ほうこう》し、打球はライトスタンド上空を飛び、その先には照明の届かない、深い夜空が広がっている。尾崎はバットを放り投げ、自らの打球の軌道を眺め、天高く拳を突き出し、その後で、外野席に向かって人差し指を向けた。黒澤が、「どうしたんだ」とわずかに笑い、訊ねてくる。大西は目の端を拭いつつ、「だって」とどうにか答えた。「だって、ただのボールがあんなに遠くに」

今村が、おーい、と手を振っていると、尾崎が一塁へ、俯《うつむ》き加減に、ゆっくりと走り出した。

【参考文献】

『ポピュラー音楽をつくる――ミュージシャン・創造性・制度』
ジェイソン・トインビー著　安田昌弘訳　みすず書房
『山河とともに――聞き書き［生業の場としての河川］――』
東北芸術工科大学東北文化研究センター・国土交通省東北地方整備局
『ライク・ア・ローリング・ストーン』
グリール・マーカス著　菅野ヘッケル訳　白夜書房

「サクリファイス」を書くにあたり、仙台市の二口《ふたくち》渓谷を取材し、二瓶久さんに、村や集落の話をうかがいました。面白い話を聞かせていただき、物語にも生かすことができました。感謝しております。また、取材に同行してくださり、作中で使用する方言についてもアドバイスをしてくださった、有限会社荒蝦夷　別冊東北学編集部のみなさんにもお礼を申し上げます。

そして、三谷龍二さんの作品を見たことで、長い時間と場所を漂う物語を作りたいと急に思い立ち、「フィッシュストーリー」ができあがりました。表紙にも使わせていただくことができ、とてもうれしく思っています。

さらに、「ポテチ」のある場面については、MO'SOME TONEBENDERの名曲（曲を知っている方には、小説の展開を予測させてしまうかもしれませんので、曲名は伏せます）から触発されていることを、記しておきます。

【文庫版　追記】

単行本発売当時と異なり、現在では、車のナンバーだけをもとに登録事項等証明書を発行してもらうことはできなくなっています。そのため、作中の展開（証明書発行の手続き）につきましては、現実とは異なる架空のものと捉《とら》えていただければ幸いです。

僕の解説が魚だとしたら

佳多山大地

のっけからしばらくは、解説子が本書『フィッシュストーリー』の表題作を一読後に夢想したほら話《フィッシュストーリー》です。賢明なる読者は——とりわけ本篇を未読の向きは、すみやかに＊まで読み飛ばされるのが唯一無二の正解であります。

二十数年後

眠っていたおじいちゃんが、とつぜん目をあけた。おどろいたぼくは、いすから立ち上がった。はずみで、いすがこけてしまった。

おじいちゃんはぼくがいることに気づいて、「おっ、昌樹か」と言った。「そうか、わざわざ来てくれたか」

ぼくが、お母さんを呼んでこなくちゃ、と病室のそとに出ようとすると、おじいちゃんは首を横にふって、こう言ったんだ。「せっかくだから、とびきりの話をひとつ、してやろう」って。

それは、なんだか変てこな話だった。おじいちゃんが若いころ、ロックバンドのリーダーだったときの話だ。ぜんぶで三枚のアルバムを出したけど、人気はいまいちで、ぜんぜん売れなかった。でも、最後のアルバムに入ってる『フィッシュストーリー』という曲に一分くらい音を消したところを作っていたおかげで、この世界は大こんらんから救われたんだって。

ぼくにその話をしてくれた日の夜、おじいちゃんは天国に行った。

おじいちゃんのおそう式の日、さいだんが組まれた広いざしきで、みんなでお昼ごはんを食べているとき、ぼくが病室で聞いたことをお母さんに話すと、「あら、得意のホラ話ね。その話は、初めて聞くけど」と笑う。ぼくが首をひねると、お母さんは「『ホラ話』っていうのはね、大げさな作り話のことをいうの。あ、でも確か、二十代のころにバンドでプロデビューしてたのは本当」と、さいだんのほうに顔を向けた。

おじいちゃんの白黒の大きな写真は、たくさんの花と立て札にかこまれていた。立て札には、人の名前や会社の名前が書かれている。そのなかに「孫一同」というのもあるけれど、ぼくは自分のおこづかいから百円も出していなかった。あの「孫」のなかに、ぼくはちゃんとまぜてもらってるんだろうか？

そのことが急に心配になってきたぼくは、お母さんに確かめようとしたんだ。だけど、お母さんはさいだんのはしっこを指さしながら、向かいに座っている、お母さんのいちばん上のお兄さんとしゃべりはじめた。

「ねえ、兄さん。お花をくれてるあの女の人って、だれだっけ。前にどこかで聞いたことのあるような名前なんだけど」

「――『橘　麻美』？　さあ、古い知り合い、かな。おふくろにたずねれば、わかるんじゃないか」

＊

本書『フィッシュストーリー』は、伊坂幸太郎の十三冊目の著作にあたる、ノンシリーズ物の中短篇集である。親本の単行本は二〇〇七年一月に新潮社から刊行されて好評を博し、受賞は逸したものの第二十回山本周五郎賞の候補にも挙げられた。また、表題作は中村義洋監督がメガホンを取って同名映画化され、今年（二〇〇九年）三月に全国ロードショーされたばかりだ。

作者の伊坂幸太郎について、ここで詳しく述べる必要はないだろう。幸い新潮文庫のカバー袖《そで》には著作者の顔写真と併せて経歴・筆歴《プロフィール》も掲載されているから、解説子の微力は本書の内容について尽くされるべきと心得る。

まずは本書の成立事情から説明しておこう。四つの中短篇が発表順に収録された、初めてのノンシリーズ作品集である本書を十三冊目の著作と紹介したのは正しくとも、その制作期間の起点は、じつにデビュー直後にまで遡《さかのぼ》る。皮切りの作「動物園のエンジン」（初出「小説新潮」二〇〇一年二月号）は伊坂幸太郎の記念すべきデビュー長篇『オーデュボンの祈り』（二〇〇〇年十二月）に続いて発表された第一短篇であり、掉尾《ちょうび》を飾る中篇「ポテチ」は本書のために書き下ろされた、刊行当時最新作だった（〇六年末に書き上げられたものと断じていいだろう）。第二作「サクリファイス」は〇四年八月刊「別冊　東北学」第八号に、表題作「フィッシュストーリー」は「小説新潮」〇五年十月号にそれぞれ初出掲載された作品である。

——すなわち、ほぼ丸六年にわたる本書の制作期間中、伊坂幸太郎は第二長篇『ラッシュライフ』（〇二年七月）から直前の最新長篇『陽気なギャングの日常と襲撃』（〇六年五月）まで、弛《たゆ》むことなく精力的に十一冊の著作を世に送り出していたことになる。この間、印象としては〝瞬く間に〟若手実力派として斯界《しかい》で頭角をあらわし、当代指折りの人気作家の仲間入りを果たした。

さて、熱心な伊坂ファンには周知のとおり、伊坂幸太郎が物する小説の〈世界〉はどれも単独で楽しめるのはもちろんのこと、作品間で関係《リンク》したところがあるのも嬉《うれ》しい擽《くすぐ》りになっている。本書の収録作も、例外ではない。「動物園のエンジン」の語り手の「私」は『オーデュボンの祈り』に登場するコンビニ強盗犯の伊藤と大学の同窓生であり、「フィッシュストーリー」でレコード会社から首切りに遭うロックバンドのメンバーたちが敬愛するジャック・クリスピン（※架空のミュージシャン）の言葉を『グラスホッパー』（〇四年七月）に登場する殺し屋のパートナー、岩西は事あるごとに引用する。また、「サクリファイス」と「ポテチ」で活躍する空き巣兼私立探偵の黒澤は『ラッシュライフ』でも主役級の人物であり、さらに伊坂が一九七〇年代生まれの作家として初めて直木賞にノミネートされた出世作『重力ピエロ』（〇三年四月）のなかでもしっかり脇《わき》を固めていた。とまれ、このようなリンクの例をいちいち拾い上げてみせるのは野暮の極みだし、もう打ち止めにしておきたい。

本書に収録された四つの物語は、伊坂幸太郎のホームタウンである仙台市街を主要な舞台とする、いわゆる〈伊坂ワールド〉のなかで展開する。ただそこに居るだけで動物園の動物たちに活気をもたらす不思議な中年男に殺人の疑いがかけられる「動物園のエンジン」は、二転三転する謎《なぞ》解きの興趣に満ちた逸品。人捜しの依頼を受けた黒澤が県境の小村で生贄《いけにえ》の儀式に遭遇する「サクリファイス」は、民俗学的な謎に現代的／逆説的な解決が導き出される異色作である。無名といっていいロックバンドの曲が回りまわって思いがけない影響を未来に及ぼす「フィッシュストーリー」は、語り口と構成の妙が光るスタイリッシュな人間賛歌。空き巣を生業《なりわい》とする青年と地元仙台のプロ野球チームで控えに甘んじるスラッガーとの奇妙な因縁を掘り起こす「ポテチ」は、ポテトチップスに塩味とコンソメ味のあることはこれほど素晴らしき哉《かな》と落涙すること請け合いの快作だ。

これらバラエティに富む一作一作が、デビュー直後から六年あまりの間に発表された長篇や連作短篇集のこぼれ話《サイドストーリー》のように位置づけられがちなのには断固、否、と言っておかないといけない。各話の独立性とその完成度の高さは目を見張るものがあるし、むしろ本書に収められた四つの中短篇から伊坂の初期代表作の数々はスピンオフして産み出されたのだと顚倒《てんとう》した見方をするのも一興だ。実際、本書の収録作からテーマが深められて構想されたと思《おぼ》しい後続作を挙げることも容易《たやす》いのであるから。年来の伊坂ファンにとって決して読み落とせないマスターピースが並ぶ本書は、いまだ〈伊坂ワールド〉を覗《のぞ》いてみたことのない向きには格好の入門編となるはずだ。

――ともかくも。たった今、この、文庫版『フィッシュストーリー』を手に取っている読者《あなた》が酔狂にも巻末の解説から先に目をとおしているのなら、軽妙洒脱《しゃだつ》にして人生の機微にアクロバティックに触れる本篇の物語世界に早速分け入られたい。以下、紙幅の許すかぎり本書収録作のそれぞれ趣向に踏み込んで分析を加えるので、未読の向きは絶対に読み進まれないよう警告いたします!

†

タイトルも詩的な「動物園のエンジン」には、いわゆる叙述トリックが仕掛けられている。この小説のなかで三度、動物園の檻《おり》のマークに続く節で焦点を当てられる「彼」を、読者はまず動物園の元職員・永沢を指すものと思い込む。前市長殺しに関与していたことを仄《ほの》めかす「彼」の心の声を聞いて、ほとんど駄洒落《だじゃれ》から捻《ひね》り出された永沢犯人説が偶然にも的を射ていたかのように誤導《ミスディレクト》されてしまうのだ。じつは「彼」は、シンリンオオカミの雄《オス》だったわけだが。

また、この作品で、政治家の前市長殺しに関して無実の男を追及するのは推理というより恣《ほしいまま》な言葉遊びを駆使する素人探偵にすぎなかったけれど、伊坂は〈国家〉が総動員で一人の男に首相殺しの罪をなすりつけようとしたときの監視権力の恐怖を描くことに『ゴールデンスランバー』（〇七年十一月）で挑むことになる。

次の「サクリファイス」は、空き巣兼私立探偵である黒澤の一応の手柄話と認められる。地方の因習的な集落の権勢を二分する二つの家／二人の当主という対立構図は、なにやら横溝正史の金田一耕助物を髣髴《ほうふつ》とさせるところで（尤《もっと》も大工の周造の家は勢力家とはいえないが）、統治機構の裏面を描くというテーマは『魔王』（〇五年十月）につながっていると言っていい。

私見では、黒澤は最初から、読者に対してある一点をずっと惚《とぼ》けている。依頼人の男は黒澤に、彼の部下である山田には「今度の裁判で証人に立ってもらわなければならない」から居所を突きとめてほしいという。黒澤は「それなら［……］山田に証人に立たれると困る人間がいるんじゃないか？　そいつが匿《かくま》っているんじゃないか」と応じて調査を引き受けるが、山田のマンションが黒澤に調査を依頼した筋の者たちに厳重に見張られていたことからもわかるように、間違いなくアンダーグラウンドな背景をもつ依頼人は、山田に裁判の証人になってもらいたいのではなく、証人になられては困るから身柄を押さえようとしているのだ。黒澤はそのことも承知の上で、村長と周造とが結託して行っていた非合法の商売を暴き出し、しかし最後には彼らを見逃す。幼なじみの二人は、彼らの〈正義の復讐《ふくしゅう》〉を果たすために、結果的に黒澤の依頼人一味が望んだとおりのことを代行して、とある裁判で別の〈社会正義〉が実現されたかもしれない可能性をつぶしてしまったことを自覚しているはずだ。黒澤は、晴れ晴れとしたところのない二人を見て、彼らはこれまでもこれからも自らを罰し続けるだろうことを悟ったのだろう。

表題作の栄誉に浴した「フィッシュストーリー」は、時間軸も融通無碍《むげ》に四人の語り手が数珠《じゅず》つなぎにされた、人類救済の物語である。とりわけ印象的なのは、やはり「正義の味方」として日々鍛練に努めていた瀬川の存在だ。伊坂は、瀬川青年を正義なるものの錦《にしき》の御旗の危うさも充分に承知する人物として描く一方、それでもこの世には揺るぎない正義がある、という力強いメッセージを発信している。そのような〈相対化されない正義〉を、伊坂は〝静かでいて、しなやかに強く〟描こうとする。レコードの無音の部分が約半世紀後の世界をドンパチの音無く破壊から救うのは、だから二重に象徴的であるのだ。全人類的な滅亡の危機を前に〝静かでいて、しなやかに強い〟人間の正義／善意は、連作短篇集『終末のフール』（〇六年三月）でも多様に切り取られていた。

最終話の「ポテチ」は、いい意味でメロドラマチックな作品だ。赤ん坊の取り違え、というメロドラマの王道の設定をもとに、これほど独創的に親子愛を描いてみせた小説を他に知らない。特に、黒澤が運転する車中で、今村の恋人である大西若葉が塩味のポテトチップスを食べる場面が秀逸だ。ポテトチップスの塩味の袋とコンソメ味のそれとを取り違えてしまうエピソードが、伏線として効果的に決まっている。

同じ日に同じ病院で生まれた空き巣青年の今村とプロ野球選手の尾崎は、生まれてすぐに取り違えられたがために義兄弟の絆《きずな》で堅く結ばれてしまった。悲劇の発端の様相は異なるが、親子兄弟間の〈血〉や〈精神〉のつながりを描くというテーマは『重力ピエロ』と共通するものである。

物語の最後の最後に代打ホームランをかっ飛ばす尾崎は、「フィッシュストーリー」に登場する正義の味方、瀬川青年とキャラクター的に重なる。二人とも、いざというときのため準備おさおさ怠りなく、期待に応《こた》えてみせるのだ。瀬川がそうとは知らず、未来の世界を救う女性エンジニアの命を助けるように、尾崎はその、蝶《ちょう》の羽ばたきならぬ鋭いバットスイングで、いまだ彼自身は存在さえ知らない義兄弟の魂を救う。あえて特定の食品メーカーの名を記すが、一九七八年、コンソメ味のポテトチップスを発売したカルビー株式会社に伊坂ファンの一人として心から謝意を表する。

（平成二十一年九月、ミステリ評論家）

この作品は平成十九年一月新潮社より刊行され、文庫化に際し加筆修正を行った。

なお、各篇の初出は次の通りである

動物園のエンジン　「小説新潮」二〇〇一年三月号
サクリファイス　「別冊　東北学　Vol.8」二〇〇四年八月刊
フィッシュストーリー　「小説新潮」二〇〇五年十月号
ポテチ　書き下ろし

伊坂幸太郎著 オーデュボンの祈り

卓越したイメージ喚起力、洒脱な会話、気の利いた警句、抑えようのない才気がほとばしる！　伝説のデビュー作、待望の文庫化！

伊坂幸太郎著 ラッシュライフ

未来を決めるのは、神の恩寵か、偶然の連鎖か。リンクして並走する4つの人生にバラバラ死体が乱入。巧緻な騙し絵のごとき物語。

伊坂幸太郎著 重力ピエロ

ルールは越えられるか、世界は変えられるか。未知の感動をたたえて、発表時より読書界を圧倒した記念碑的名作、待望の文庫化！

道尾秀介著 向日葵の咲かない夏

終業式の日に自殺したはずのS君の声が聞こえる。「僕は殺されたんだ」。夏の冒険の結末は。最注目の新鋭作家が描く、新たな神話。

道尾秀介著 片眼の猿 —One-eyed monkeys—

盗聴専門の私立探偵。俺の職業だ。今回の仕事は産業スパイを突き止めること、だったはずだが……。道尾マジックから目が離せない！

米澤穂信著 ボトルネック

自分が「生まれなかった世界」にスリップした僕。そこには死んだはずの「彼女」が生きていた。青春ミステリの新旗手が放つ衝撃作。

恩田陸著
球形の季節

奇妙な噂が広まり、金平糖のおまじないが流行り、女子高生が消えた。いま確かに何かが大きく変わろうとしていた。学園モダンホラー。

恩田陸著
六番目の小夜子

ツムラサヨコ。奇妙なゲームが受け継がれる高校に、謎めいた生徒が転校してきた。青春のきらめきを放つ、伝説のモダン・ホラー。

恩田陸著
不安な童話

遠い昔、海辺で起きた惨劇。私を襲う他人の記憶は、果たして殺された彼女のものなのか。知らなければよかった現実、新たな悲劇。

恩田陸著
ライオンハート

17世紀のロンドン、19世紀のシェルブール、20世紀のパナマ、フロリダ……。時空を越えて邂逅する男と女。異色のラブストーリー。

恩田陸著
図書室の海

学校に代々伝わる〈サヨコ〉伝説。女子高生は伝説に関わる秘密の使命を託された——。恩田ワールドの魅力満載。全10話の短篇玉手箱。

恩田陸著
夜のピクニック
吉川英治文学新人賞・本屋大賞受賞

小さな賭けを胸に秘め、貴子は高校生活最後のイベント歩行祭にのぞむ。誰にも言えない秘密を清算するために。永遠普遍の青春小説。

宮部みゆき著
龍は眠る
日本推理作家協会賞受賞

雑誌記者の高坂は嵐の晩に、超常能力者と名乗る少年、慎司と出会った。それが全ての始まりだったのだ。やがて高坂の周囲に……。

宮部みゆき著
かまいたち

夜な夜な出没して江戸を恐怖に陥れる辻斬り〝かまいたち〟の正体に迫る町娘。サスペンス満点の表題作はじめ四編収録の時代短編集。

宮部みゆき著
淋しい狩人

東京下町にある古書店、田辺書店を舞台に繰り広げられる様々な事件。店主のイワさんと孫の稔が謎を解いていく。連作短編集。

宮部みゆき著
火車
山本周五郎賞受賞

休職中の刑事、本間は遠縁の男性に頼まれ、失踪した婚約者の行方を捜すことに。だが女性の意外な正体が次第に明らかとなり……。

宮部みゆき著
理由
直木賞受賞

被害者だったはずの家族は、実は見ず知らずの他人同士だった……。斬新な手法で現代社会の悲劇を浮き彫りにした、新たなる古典！

宮部みゆき著
模倣犯
芸術選奨受賞（一～五）

邪悪な欲望のままに「女性狩り」を繰り返し、マスコミを愚弄して勝ち誇る怪物の正体は？著者の代表作にして現代ミステリの金字塔！

松本清張著
張込み
傑作短編集(五)

平凡な主婦の秘められた過去を、殺人犯を張込み中の刑事の眼でとらえて、推理小説界に新風を吹きこんだ表題作など8編を収める。

松本清張著
ゼロの焦点

新婚一週間で失踪した夫の行方を求めて、北陸の灰色の空の下を尋ね歩く禎子がまき込まれた連続殺人！『点と線』と並ぶ代表作品。

松本清張著
黒い画集

身の安全と出世を願う男の生活にさす暗い影。絶対に知られてはならない女関係。平凡な日常生活にひそむ深淵の恐ろしさを描く7編。

松本清張著
霧の旗

兄が殺人犯の汚名のまま獄死した時、桐子は依頼を退けた弁護士に対する復讐を開始した。法と裁判制度の限界を鋭く指摘した野心作。

松本清張著
Dの複合

雑誌連載「僻地に伝説をさぐる旅」の取材旅行にまつわる不可解な謎と奇怪な事件！古代史、民俗説話と現代の事件を結ぶ推理長編。

松本清張著
砂の器（上・下）

東京・蒲田駅操車場で発見された扼殺死体！新進芸術家として栄光の座をねらう青年の過去を執拗に追う老練刑事の艱難辛苦を描く。

有栖川有栖著
絶叫城殺人事件
「黒鳥亭」「壺中庵」「月宮殿」「雪華楼」「紅雨荘」「絶叫城」——底知れぬ恐怖を孕んで闇に聳える六つの館に火村とアリスが挑む。

有栖川有栖著
作家の犯行現場
断崖、廃墟、樹海、洋館。著名なミステリーの舞台となった22の「現場」が放つ戦慄のオーラを、写真と共に捉えた異色の紀行エッセイ。

綾辻行人著
霧越邸殺人事件
密室と化した豪奢な洋館。謎めいた住人たち。一人、また一人…不可思議な状況で起る連続殺人！　驚愕の結末が絶賛を浴びた超話題作。

綾辻行人著
殺人鬼
サマーキャンプは、突如現れた殺人鬼によって地獄と化した——驚愕の大トリックが仕掛けられた史上初の新本格スプラッタ・ホラー。

綾辻行人著
殺人鬼Ⅱ
——逆襲篇——
双葉山の大量殺人から三年。血に飢えた怪物が、麓の病院に現われた。繰り広げられる凄惨な殺戮！　衝撃のスプラッタ・ミステリー。

朱川湊人著
かたみ歌
東京の下町、アカシア商店街ではちょっと不思議なことが起きる。昭和の時代が残したメロディが彩る、心暖まる7つの奇蹟の物語。

乙　一ほか著
七つの黒い夢
日常が侵食される恐怖。世界が暗転する衝撃。新感覚小説の旗手七人による、脳髄直撃のダーク・ファンタジー七篇。文庫オリジナル。

有栖川有栖・道尾秀介
石田衣良・鈴木光司
吉来駿作・小路幸也
恒川光太郎　著
七つの死者の囁き
窓辺に立つ少女の幽霊から、地底に潜む死霊の化身まで。気鋭の作家七人が「死者」を召喚するホラーアンソロジー。文庫オリジナル。

新潮社
ストーリーセラー
編集部編
Story Seller
日本のエンターテインメント界を代表する7人が、中編小説で競演！　これぞ小説のドリームチーム。新規開拓の入門書としても最適。

「小説新潮」
編集部編
眠れなくなる　夢十夜
ごめんなさい、寝るのが恐くなります。「こんな夢を見た。」の名句で知られる漱石の『夢十夜』から百年、まぶたの裏の10夜のお話。

東野圭吾著
鳥人計画
ジャンプ界のホープが殺された。ほどなく犯人は逮捕、一件落着かに思えたが、その事件の背後には驚くべき計画が隠されていた……。

東野圭吾著
超・殺人事件
―推理作家の苦悩―
推理小説界の舞台裏をブラックに描いた危ない小説8連発。意表を衝くトリック、冴え渡るギャグ、怖すぎる結末。激辛クール作品集。

S・キング
山田順子訳

スタンド・バイ・ミー
―恐怖の四季 秋冬編―

死体を探しに森に入った四人の少年たちの、苦難と恐怖に満ちた二日間の体験を描いた感動編「スタンド・バイ・ミー」。他1編収録。

S・キング
吉野美恵子訳

デッド・ゾーン（上・下）

ジョン・スミスは55カ月の昏睡状態から奇跡的に回復し、人の過去や将来を言いあてる能力も身につけた――予知能力者の苦悩と悲劇。

S・キング
P・ストラウブ
矢野浩三郎訳

タリスマン（上・下）

母親の生命を救うには「タリスマン」が必要だ――謎の黒人スピーディにそう教えられた12歳のジャック・ソーヤーは、独り旅立った。

S・キング
浅倉久志訳

ゴールデンボーイ
―恐怖の四季 春夏編―

ナチ戦犯の老人が昔犯した罪に心を奪われた少年は、その詳細を聞くうちに、しだいに明るさを失い、悪夢に悩まされるようになった。

S・キング
白石朗訳

骨の袋（上・下）

最愛の妻が死んだ――あっけなく。そして悪霊との死闘が始まった。一人の少女と忌まわしい過去の犯罪が作家の運命を激変させた。

S・キング
風間賢二訳

ダーク・タワーI
ガンスリンガー
英国幻想文学大賞受賞

キングのライフワークにして七部からなる超大作が、大幅加筆、新訳の完全版で刊行開始。〈暗黒の塔〉へのローランドの旅が始まる！

新潮文庫最新刊

宮部みゆき著
孤宿の人（上・下）
藩内で毒死や凶事が相次ぎ、流罪となった幕府要人の祟りと噂された。お家騒動を背景に無垢な少女の魂の成長を描く感動の時代長編。

伊坂幸太郎著
フィッシュストーリー
売れないロックバンドの叫びが、時空を超えて奇蹟を呼ぶ。緻密な仕掛け、爽快なエンディング。伊坂マジック冴え渡る中篇4連打。

畠中恵著
ちんぷんかん
長崎屋の火事で煙を吸った若だんな。気づけばそこは三途の川!? 兄・松之助の縁談や若き日の母の恋など、脇役も大活躍の全五編。

宮城谷昌光著
風は山河より（三・四）
松平、今川、織田。後世に名を馳せる武将たちはいかに生きたか。野田菅沼一族を主人公に知られざる戦国の姿を描く、大河小説。

重松清著
みんなのなやみ
二股はなぜいけない？　がんばることに意味はある？　シゲマツさんも一緒に困って真剣に答えた、おとなも必読の新しい人生相談。

石田衣良ほか著
午前零時
―P.S.昨日の私へ―
今夜、人生は1秒で変わってしまうと、知りました――13人の豪華競演による、夜の底から始まった、誰も知らない物語たち。

フィッシュストーリー

新潮文庫　い - 69 - 4

平成二十一年十二月一日発行

著者　伊《い》坂《さか》幸《こう》太《た》郎《ろう》

発行者　佐藤隆信

発行所　株式会社新潮社

郵便番号　一六二―八七一一
東京都新宿区矢来町七一
電話　編集部(〇三)三二六六―五四四〇
　　　読者係(〇三)三二六六―五一一一
http://www.shinchosha.co.jp

価格はカバーに表示してあります。

乱丁・落丁本は、ご面倒ですが小社読者係宛ご送付ください。送料小社負担にてお取替えいたします。

印刷・二光印刷株式会社　製本・株式会社植木製本所

ISBN978-4-10-125024-3 C0193